Octobre, un crime

Pour Alejo, Rodrigo et Violeta

1

Ce sont les fleurs de l'arbre de paradis qui m'ont fait penser à la robe. Les fleurs, leur parfum, la nuit, la dispute. Je suis accro au parfum de ces fleurs. Je ne peux ni ne veux l'éviter ; la nuit, je reste des heures, penchée à la fenêtre de ma chambre, à respirer l'air dense et doux à la fois qui se dégage des arbres du trottoir en bas de chez moi ; j'habite au deuxième étage et la cime débordant de fleurs arrive presque à la hauteur de mon nez. C'est dommage qu'il n'y ait qu'une floraison par an : en octobre, rien qu'en octobre*.

Penchée à la fenêtre de ma chambre, je pensais à la soirée déguisée que ma cousine Ayelen allait organiser. Une fête ridicule, avec ma débile de cousine et

* Cette histoire se déroulant en Argentine, à Buenos Aires, les saisons sont inversées par rapport à l'hémisphère nord. Ainsi, les arbres fleurissent en octobre, c'est-à-dire au printemps. De même, il sera question plus tard dans le roman des grandes vacances d'été à Noël et des fortes chaleurs de janvier. *(Note de la traductrice.)*

ses débiles d'amies. Bien sûr, j'ai d'abord dit que je n'irais pas. D'ailleurs, ma cousine m'avait invitée en sachant pertinemment que je refuserais. Je suis sûre qu'elle l'avait fait parce que sa mère – sœur de la mienne – l'y avait obligée. L'antipathique Ayelen ne m'aurait jamais conviée à moins d'être contrainte, forcée et même menacée par ma tante. Ayelen et moi ne nous sommes jamais bien entendues. Mais cette fois ma cousine avait eu l'idée d'organiser une fête déguisée, et moi, j'étais obligée d'y assister, car, il est bien temps de le dire, tout comme sa sœur, ma mère est aussi très attachée au principe sacré de faire son devoir envers la famille. En conclusion, pour éviter un conflit de plus à la maison, et sachant qu'on en avait déjà suffisamment, j'avais fini par accepter.

Cette nuit d'octobre, alors que je respirais le parfum de l'arbre de paradis et que je remâchais ma haine profonde pour ma cousine, je me suis rappelé une robe que ma mère portait quand j'étais petite, une robe d'été avec un tissu imprimé de petites fleurs bleu ciel et rose pâle, comme celles de l'arbre de paradis. Et, avec le souvenir de cette robe, m'est revenue à l'esprit une boutique, située près de l'école, où l'on vend de vieux vêtements. Souvent, en passant devant, je m'attarde un peu à regarder les habits, dont la majorité date des années soixante-dix, soixante et même des années cinquante. C'est comme ça que j'ai eu l'idée d'aller y dénicher une robe pour la soirée. Eh oui, pourquoi pas ? Je pourrais très bien me déguiser en jeune femme des années soixante par exemple. Bien sûr, j'aurais pu me confectionner un costume avec ce que j'avais à la maison, mais je m'étais mis en tête d'acheter l'une de ces robes, et comme ma mère voulait m'envoyer à cette fête à tout prix, elle ne ferait probablement pas trop d'histoires pour la dépense.

Le jour suivant, en sortant de l'école, je suis allée directement à la boutique. J'ai dû passer deux heures à tout essayer. La propriétaire était très sympathique et elle savait des tas de choses sur les modes, les époques, les styles, les tissus. À chaque robe que j'essayais, elle me racontait une histoire des plus divertissantes.

Tant et si bien que j'en ai oublié que c'était mon tour de faire le repas, et c'est comme ça qu'une dispute avec mes frères m'attendait à la maison, suivie d'un sermon de ma mère, laquelle m'a téléphoné depuis son travail pour me reprocher mon manque de sérieux, parce que, comme c'était logique et prévisible, mes frères l'avaient déjà appelée pour dénoncer mon absence en cuisine. Enfin bref, rien de bien grave. Pour finir, chacun s'est préparé un sandwich et une nouvelle répartition des jours de cuisine a été instaurée ; en d'autres termes, le lendemain, ce serait de nouveau mon tour.

Revenons à la robe. La dame de la boutique avait insisté pour que je prenne une tenue complète des années soixante qui m'allait vraiment très bien, mais qui ne me convainquait pas totalement ; la robe était courte et droite, à carreaux, tel un échiquier noir et blanc.

– Style Courrèges, m'avait expliqué la dame. Le dernier cri du milieu des années soixante. Tu devrais la mettre avec ça. (Elle m'a tendu une horrible pochette, de la taille d'un portefeuille, avec une anse minuscule.) Ah, et j'ai aussi les chaussures, a poursuivi la dame en descendant une boîte d'une étagère. Tu vois ? On les portait comme ça, avec un talon bas et large à la fois.

Non, la dame avait beau dire qu'elle m'allait « comme un gant » – c'est ce qu'elle a dit : « comme un gant » –, moi je n'étais pas complètement convaincue. J'ai donc continué mes recherches jusqu'à trouver une robe différente, qui m'a rappelé des séries télé très anciennes, où on voit des filles avec des vêtements froncés ou plissés tombant sous le genou, avec des socquettes et des chaussures presque plates.

Je dois dire, sans exagérer, que cette robe m'a fait beaucoup d'effet, même si je ne peux pas bien expliquer pourquoi. Je ne sais pas, j'ai ressenti quelque chose. J'ai deviné que ce que j'avais devant moi était plus qu'une robe. C'est étrange, mais ça s'est passé comme ça. Après tout, il ne me faudrait pas beaucoup de temps pour comprendre qu'il y avait des motifs réels qui expliquaient ces intuitions.

Je l'ai essayée. Il n'y avait pas de doute, c'était ma taille. Je me suis sentie bizarre mais elle m'a plu ; peut-être à cause de la couleur : j'adore le jaune.

– Elle est en organdi, m'a informée la propriétaire de la boutique. Regarde la quantité de tissu qu'on utilisait avant pour faire une robe.

Elle avait raison. Les fronces au niveau de la taille retombaient en d'innombrables plis qui se détendaient bien au-dessous du genou. J'ai attrapé le pan de la robe de chaque côté, et j'ai levé les bras, parallèles au sol. Il restait encore du tissu, et j'aurais pu les lever plus haut encore. En me regardant dans le miroir, je me suis souvenue d'une photo de ma mère et de ma tante Luisa quand elles étaient petites, bras dessus, bras dessous, et qui soulevaient le bas de leur robe ; des robes qui ressemblaient à celle que j'étais en train d'essayer, avec des manches courtes et bouffantes et des nœuds au niveau de la taille.

– Elle doit être ancienne, ai-je demandé à la vendeuse.

– Elle date des années cinquante, a-t-elle répondu sans hésiter. Mais tu remarqueras qu'elle est en parfait état, dit-elle en soulevant une partie de l'ourlet et me l'approchant des yeux. La femme qui me l'a vendue l'avait apportée dans une housse et elle m'avait assuré qu'elle était restée comme ça pendant de nombreuses années. Dépose-la à la teinturerie et elle sera comme neuve.

Ce soir-là, dès que ma mère est rentrée du travail, je lui ai montré la robe. Elle l'a adorée, mais ça l'a rendue nostalgique. Elle s'est mise à parler de son enfance, des grands-parents, de quand elle et Luisa allaient aux anniversaires de leurs amis et qu'elles prenaient du chocolat, bref elle a commencé à faire des comptes à rebours et les années défilaient comme si de rien n'était, et elle en est arrivée à la conclusion suivante : quand la propriétaire de la robe – je parle de la première puisque maintenant il s'agissait de ma robe – la portait et, en supposant qu'il s'agissait d'une adolescente d'à peu près mon âge, elle et Luisa devaient avoir respectivement cinq et six ans, c'est-à-dire leur âge sur la photo dont je m'étais souvenue en voyant la robe pour la première fois.

Bref, après cette séquence nostalgie, ma mère est redevenue la femme à l'esprit pratique de toujours : en ajustant la robe contre elle en même temps qu'elle pointait vers le bas son œil expert, elle a déclaré :

– Hum, j'ai l'impression qu'elle est trop longue. Essaie-la, on va voir s'il faut la raccourcir un peu.

J'ai obéi. Ma mère a conclu qu'il y avait cinq centimètres de trop.

– Ça se portait long mais pas à ce point, a-t-elle affirmé. Découds l'ourlet, et après manger je te le fais.

Elle n'a plus rien dit, elle est allée dans la cuisine, a allumé la radio et a commencé à préparer le repas. Moi, j'ai pris la boîte à couture et je me suis enfermée dans ma chambre. J'ai étendu la robe sur le lit et, en faisant très attention, je me suis mise à couper le fil très fin qui parcourait le très large ourlet. J'en avais décousu presque la moitié quand j'ai découvert la lettre.

Au départ, ce n'était pour moi qu'un bout de papier, une feuille pliée en quatre. Après j'ai compris qu'il s'agissait d'une lettre. Bien sûr, ça m'a surprise. Je pense que personne ne s'attend à trouver quoi que ce soit en défaisant un ourlet. Et j'imagine aussi que quelqu'un qui en coud un n'a pas de raison de glisser un papier ou autre chose dans la doublure du tissu. À moins de… vouloir le cacher. Bref, voilà tout ce qui m'est passé par la tête en découvrant le papier plié en quatre. Et j'étais dans le vrai : personne ne met un papier dans l'ourlet d'une robe à moins d'avoir une bonne raison pour ça.

J'ai déplié la feuille avec la sensation de m'immiscer dans des secrets étrangers. Elle était intégralement remplie d'un côté, à l'encre bleue très claire et d'une écriture très petite et serrée. À en juger par les traînées d'encre délavée et par la couleur jaunie du papier, il était facile de comprendre que ça faisait très longtemps qu'il se trouvait dans la robe, ou du moins que ça faisait très longtemps que quelqu'un avait écrit dessus.

Voilà la première impression que j'ai eue : le temps, l'âge avancé de ce papier et le mystère…

En sortant la lettre de la robe, j'ai eu l'impression, et je n'exagère pas, de tenir un puits profond entre mes mains ; un puits creusé par les années et par je ne sais quoi.

« 22 octobre 1958 », ai-je lu et j'ai failli tomber à la renverse. La lettre datait de l'époque de la robe.

Le 22 octobre 1958

Chère Malu,

J'ai peur. Mes soupçons étaient fondés. Tout ce que je t'ai raconté dans ma lettre précédente était vrai.

Hier soir, je suis montée sur la petite terrasse de la coupole et je les ai entendus.

Ils ont évoqué le poison, les doses, et ils ont précisé qu'il restait peu de temps.

Je n'entendais pas tout, tu sais combien il est dangereux de s'approcher de la fenêtre. D'ailleurs je crois que je me suis un peu trop avancée, j'ai failli tomber. J'ai fait un faux pas mais j'ai pu m'agripper au rebord de la fenêtre. Tu n'imagines pas ma peur. Je te promets de ne plus y aller. De toute façon, ça ne sert plus à rien : maintenant, je sais tout.

S'il te plaît, je te demande encore une fois de m'aider. Aujourd'hui même. Je veux qu'il hospitalise papa. J'ai l'espoir qu'il le sauve. Mais il faut qu'il vienne, et vite. S'il te plaît, Malu, je compte sur toi pour m'aider. Ne m'abandonne pas.

Ton amie pour la vie,

Elena.

PS : je sais très bien que si mon père meurt, je serai la prochaine victime.

Je suis sortie de ma chambre en courant, la lettre à la main, et je l'ai montrée à ma mère et à Juanjo, mon grand frère qui revenait de la fac. Tous deux s'y sont immédiatement intéressés, et pendant dix ou quinze minutes ils ont émis des hypothèses toutes plus absurdes les unes que les autres, et ils ont fini par arriver à la conclusion suivante : c'était la propriétaire de la boutique où j'avais acheté la robe qui avait écrit la lettre dans le but malsain de créer une ambiance de mystère, très profitable pour ses affaires. Évidemment, je n'étais pas d'accord, mais un peu plus tard, Javier, mon plus jeune frère, a débarqué, et dans l'unique intention de me contredire il a soutenu la thèse de ma mère et de Juanjo.

Finalement, pour compléter le tableau, mon père est arrivé et, comme je l'avais imaginé, il s'est rangé du côté de la majorité, c'est-à-dire de la partie logique et raisonnable de la famille. C'est ainsi que j'avais l'air de la « cinglée de service dans une série télévisée », pour reprendre l'expression de Juanjo ; d'une personne « très encline aux sensibleries », comme le disait mon père ; « trop fantaisiste » d'après ma mère et « toujours préoccupée par des âneries », textuellement ce qu'a dit Javier. Bref, j'ai rangé la lettre du mieux que j'ai pu dans le tiroir de mon bureau et je me suis juré de commencer une petite enquête qui me permettrait de démontrer que mon père et ma mère aussi bien que mes deux frères se trompaient complètement.

2

– Vous vous souvenez de moi ? J'ai acheté une robe des années cinquante, la semaine dernière…

La femme a levé les yeux du fouillis de papiers qu'elle avait sur son comptoir, a baissé ses lunettes jusqu'à la pointe de son nez et elle m'a regardée.

– Bien sûr que je me souviens. Tu as choisi la robe jaune en organdi. Et tu la voulais pour une soirée dansante. Tu l'as déjà portée ?

– Non, pas encore. La fête est samedi prochain. En ce moment, je suis très occupée par un devoir d'histoire. C'est pour cette raison que je suis venue vous voir.

La femme m'a prié de m'asseoir et m'a écoutée attentivement. Elle était très aimable. Moi, j'avais passé presque une semaine entière à élaborer un plan dans le but d'enquêter sur la lettre. Les premières étapes devaient se dérouler obligatoirement sur le lieu où j'avais acheté la robe. Bien sûr, il était hors de question que je raconte à cette femme l'histoire de la lettre. L'expérience que j'avais vécue en famille m'avait suffi.

L'idée que j'avais eue n'avait rien d'extraordinaire. J'ai simplement dit que j'avais un devoir pour le lycée. La consigne consistait à faire des recherches sur l'histoire d'un objet de notre choix. Alors moi, j'avais décidé d'enquêter précisément sur celle de la robe. La femme me regardait, fascinée ; elle m'a dit qu'elle trouvait que c'était un travail passionnant et qu'elle m'aiderait autant qu'elle pourrait.

– Je dois faire des recherches sur les quarante et quelques années de cette robe en remontant le temps. Je commence par vous qui me l'avez vendue et je termine par la première propriétaire, celle qui l'a conçue en 1958.

– Comment tu sais que c'était en 1958 ? m'a demandé la dame, l'air intrigué.

Je me suis mordu la langue. J'avais failli faire une grosse gaffe. Je me suis rattrapée en racontant que ma mère avait une photo de quand elle était petite, où on la voyait avec une robe qui ressemblait à celle-là et que la photo datait de 1958.

– Oui, elle doit dater de cette année-là, à peu près. Ta mère doit avoir mon âge, si je comprends bien. Moi aussi, j'avais des robes dans ce style quand j'étais petite…

« Et c'est reparti pour une séquence nostalgie », ai-je pensé en voyant que la femme avait la même expression que ma mère quand je lui avais montré la robe.

– Vous l'avez achetée où ? ai-je demandé soudainement en sortant un stylo et un cahier, prête à prendre des notes sur tout ce que la dame me raconterait.

– Ici même. C'est la sœur d'une amie qui avait une boutique d'antiquités à San Isidro qui me l'a proposée avec d'autres affaires. L'année dernière, elle a tout vendu quand elle est allée vivre en Espagne.

– Est-ce qu'il y avait autre chose de la même époque que la robe, ai-je demandé, en imaginant follement pas moins d'une demi-douzaine de robes, en plus de celle-ci, avec des lettres cachées dans leurs ourlets.

– Non, le reste se résumait à des rideaux, des nappes et un tapis.

« Et maintenant ? » ai-je pensé. En aucune façon, je n'allais permettre que tout se termine comme ça.

Mais je ne savais pas comment poursuivre mon enquête... La seule personne qui pouvait me donner une piste sur l'origine de la robe vivait en Espagne... Que faire ? Je suis restée un temps, le regard dans le vague et le stylo en l'air, sans savoir comment continuer. Et c'est juste à cet instant, comme si elle avait lu dans mes pensées et prenait mes doutes en charge, que la femme de la boutique m'a dit :

– Peut-être que mon amie saura t'aider. Pour moi, l'histoire s'arrête là. Je ne peux t'en dire davantage parce que je n'en sais pas plus.

Je l'ai remerciée, et au passage j'en ai rajouté sur la rédaction. Je lui ai raconté que ma prof était très exigeante et que je prenais mon travail au sérieux, pas seulement pour la note finale mais aussi parce que j'adorais cette matière et que j'avais déjà commencé à faire des recherches sur les années cinquante et bla bla bla, et la dernière chose qu'il me restait à faire était de mettre en place l'histoire spécifique de la robe, parce qu'en cours on nous demandait de raconter l'histoire du pays d'une part et l'histoire « spécifique » de l'objet choisi d'autre part et bla bla bla, et tout à coup j'ai arrêté de parler car j'ai entendu qu'à la radio on annonçait les informations de 13 heures. Alors je me suis rappelé qu'on était mardi et que c'était mon tour de faire à manger. J'ai laissé mon numéro de téléphone à la dame et je suis sortie en courant, direction la maison.

Des saucisses avec de la salade de tomates, ce n'est pas un mauvais repas, à moins qu'il y en ait un qui se soit fait à l'idée de manger du poulet et des pommes de terre au four. Et c'était précisément ce que l'un de mes frères avait imaginé, et d'ailleurs moi aussi avant que je ne me rende compte de l'heure tardive. On a fini par manger des saucisses et personne ne s'est plaint à maman, mais en échange je cuisinerais encore le lendemain. Nouveau planning et changement des tours de rôle.

Je n'ai pas protesté mais je me suis sentie comme souvent : une vraie rondelle de saucisson entre deux tranches de pain, Juanjo d'un côté, Javier de l'autre et moi au beau milieu. Bref, je n'ai pas cherché à compliquer les choses, j'ai accepté de cuisiner le lendemain pour payer mon impardonnable retard et mon encore moins pardonnable changement de menu, et je me suis mise à penser à la lettre et à son auteure. Je me serais presque crue dans une série télé du genre de celles que j'avais l'habitude de regarder. Qu'avait-il pu arriver à Elena ? Et à son père ? Avait-il été sauvé ? Qui avait tenté de l'empoisonner ? Des questions auxquelles je ne pouvais bien sûr pas répondre, même si je pensais qu'à un moment ou à un autre, avec le résultat de mon enquête, quelqu'un finirait par m'éclairer.

Il y avait cependant une chose qui m'obsédait encore davantage : c'était le fait que peut-être cette lettre n'était jamais arrivée à destination. Qui avait bien pu la cacher ? Elena ou Malu ? Malu (quel nom étrange !) n'avait peut-être jamais reçu ce message, et si c'était le cas, elle n'avait jamais pu faire ce qu'Elena demandait. Bien sûr, on faisait référence à une lettre antérieure et on comprenait que Malu avait déjà parlé au médecin, mais Elena paraissait si pressée de le revoir afin qu'il hospitalise son père ; ce désespoir, cette inquiétude immense pour le sauver... Qu'avait-il pu se passer ? Et le post-scriptum ? Elena disait que les mêmes personnes qui étaient en train d'empoisonner son père la tueraient, elle aussi...

Non, j'avais beau retourner les éléments de l'affaire dans tous les sens, je ne trouvais jamais de réponse. C'était encore moi qui délirais. Et c'était précisément ce que je ne voulais pas. J'en avais marre d'être la cinglée de la famille. Je voulais démontrer que cette lettre, malgré les années écoulées, était aussi réelle que le repas de tous les jours. Ou, du moins, qu'elle l'avait été. Et si elle était parvenue entre mes mains, c'était qu'il fallait que j'en fasse quelque chose. C'était moi qui l'avais reçue. La première destinataire était Malu, sans aucun doute, mais à présent c'est moi qui détenais la lettre. Plus de quarante années s'étaient écoulées depuis qu'Elena l'avait écrite, et c'était moi qui l'avais entre les mains. Par un des caprices de la vie, Elena me faisait parvenir cette lettre à moi. Et cela devait vouloir dire quelque chose.

Pour l'instant, la seule chose que je pouvais faire était d'attendre que la propriétaire de la boutique de vêtements m'appelle. C'était le seul moyen d'entrer en contact avec la femme qui vivait en Espagne. Si la première trouvait l'adresse de la seconde, je pourrais lui écrire et lui demander comment et où elle s'était procuré la robe. Je ne pouvais rien faire d'autre ; donc, pour ne pas sembler trop insistante, je laisserais passer deux ou trois jours, et au cas où elle ne m'appellerait pas, je retournerais à la boutique.

Le samedi suivant, aucune nouvelle de la dame du magasin ni de son amie, ni de la sœur de son amie. Pour être honnête, je n'avais pas eu beaucoup de temps pour penser à tout ça. Ma seule préoccupation était la soirée de ma cousine.

À 21 heures tapantes, j'étais prête et résignée. En d'autres termes, j'avais mis la robe, les socquettes, les chaussures plates, relevé mes cheveux en queue-de-cheval avec un ruban en velours, et mon moral se trouvait plus bas que terre, pour m'exprimer le plus clairement possible. J'étais prête à m'ennuyer et à me disputer âprement, c'est-à-dire à riposter avec ironie et méchanceté dès que ma cousine ou l'une de ses amies me poserait une question moqueuse ou blessante. J'étais décidée à manger de tout pour susciter l'envie puisque je savais pertinemment qu'Ayelen et sa bande suivaient la mode de la maigreur extrême, et que de ce fait elles n'avaleraient rien. Bref, tout l'arsenal étant prêt, j'étais disposée à ce que mon père m'emmène en voiture chez mon oncle et ma tante dans le quartier de Belgrano.

– Je viens te chercher à quelle heure ? m'a demandé mon père, devant la porte du très luxueux immeuble de vingt étages, avec piscine, solarium, court de tennis, sauna et surveillance vingt-quatre heures sur vingt-quatre.

– À minuit pile, ai-je déclaré.

– Comme Cendrillon ? a demandé mon père en souriant.

Il connaît et respecte mon animosité envers ma

cousine. Animosité qu'il partage, même si lui la ressent envers mon oncle, aussi insupportable pour lui qu'Ayelen pour moi.

– Comme Cendrillon. Pas une minute de plus. Je te préviens, après minuit, je cesse d'être la douce jeune fille des années cinquante et je redeviens l'odieuse Inés de toujours. Et ça, ça veut dire que je vais me bagarrer avec Ayelen.

Mon père est parti dans son carrosse et m'a laissée dans les jardins du palais. Pendant que je montais les marches de la porte principale, j'ai remarqué qu'il y avait des éclairs dans le ciel.

– Inés ! Tu es venue ! Comme ça me fait plaisir ! a crié Ayelen, la reine des hypocrites, en me faisant le plus hypocrite des bisous devant ma tante, qui était aussi sortie pour m'accueillir.

Le petit groupe d'amies intimes – six harpies que je connaissais par cœur après avoir dû supporter toutes les fêtes d'anniversaire d'Ayelen, en plus de sa communion, de sa confirmation, de son certificat d'études primaires avec médaille et félicitations du jury, célébré dans une salle de fêtes luxueuse, et certainement quelques événements de plus que, par chance, j'ai dû avoir oubliés – était au complet. Bien sûr, je leur ai dit bonjour.

– Je te prie de m'excuser, Inés, a lancé Tatiana, l'une des harpies, une fois que ma tante était sortie de scène, je ne comprends pas ton déguisement… Qu'est-ce que ça représente ?

– Je ne vois pas pourquoi ça devrait vouloir « représenter » quelque chose, ai-je répondu avec une moue de dégoût. Je crois que tu as dû mal formuler ta question. Tu aurais simplement dû demander : « En quoi tu t'es déguisée ? »

– Bon, dans ce cas je rectifie, a-t-elle proclamé en me coupant la parole. Pourrais-tu me dire en quoi tu t'es déguisée, s'il te plaît ?

– Je me suis déguisée en fille des fifties, ou si tu préfères en fille des années cinquante, ai-je précisé comme si Tatiana était incapable de comprendre quoi que ce soit.

J'ai décidé de ne pas attendre de réponse et je suis partie dignement de l'autre côté du salon. Ma cousine habite au dix-huitième étage, et s'il y a bien quelque chose qui me fascine, c'est regarder par les fenêtres, et plus c'est haut, mieux c'est. Des éclairs traversaient toujours le ciel.

3

Je ne vais pas trop parler de ce soir-là. Je vais juste dire que je me suis ennuyée, tout comme je le prévoyais. D'après ma mère, je me suis ennuyée parce que j'y étais allée avec des idées préconçues. C'est possible, mais je savais que les choses ne pouvaient pas se dérouler autrement. Le conflit entre Ayelen et moi remonte à très loin. C'est un abîme qui nous sépare.

Mais à présent, tout ça n'a aucune espèce d'importance. Je reviens à la lettre. Dimanche, la propriétaire de la boutique où j'avais acheté la robe m'a appelée. Elle m'a dit que son amie avait parlé au téléphone avec sa sœur, qu'elle lui avait expliqué le sujet de la rédaction et que la femme avait proposé que j'envoie un fax pour lui demander ce que je voulais. Un fax ? Et pourquoi pas un mail ? Bref, il semblait que la dame en question vivait un peu à l'ancienne. Je n'ai pas insisté au sujet du mail. Cette nuit-là, j'ai préparé mes questions et, le jour suivant, j'ai envoyé le fax en Espagne. Je n'ai pas évoqué l'affaire avec ma famille.

Tous les jours qui ont suivi, après les cours, je passais par le cybercafé pour voir s'ils n'avaient pas reçu de réponse. Je préférais y aller moi-même plutôt que d'être appelée à la maison, au cas où. J'étais décidée à ce que personne ne se rende compte de rien, du moins pas avant d'avoir découvert quelque chose de concret. En attendant, la seule chose que je faisais, c'était relire la lettre chaque nuit et me convaincre que la réelle destinataire, c'était moi. Elena m'avait écrit à moi pour que je découvre je ne sais quel mystère. Personne à la maison ne me sortirait cette idée de la tête.

Jeudi, le fax est arrivé. Je l'ai récupéré à midi et je suis allée m'asseoir sur un banc pour le lire tranquillement.

Chère Inés,

Je réponds aux questions que tu m'as fait parvenir. J'espère que ces éléments te seront utiles pour ton travail.

1. J'ai acheté la robe en 1984. Je m'en souviens très bien parce que c'est le premier achat que j'ai fait seule pour la boutique d'antiquités de ma mère. Je n'ai jamais réussi à la revendre. J'ai été sur le point de le faire à plusieurs reprises, mais pour une raison ou une autre, les personnes qui s'y intéressaient d'abord finissaient par repartir avec une autre robe ou, sans rien, dans le pire des cas.

2. Je l'ai achetée dans une vente aux enchères, dans une grande maison du quartier de San Telmo.

3. J'ignore à qui la robe a appartenu. Je sais juste que la maison allait être vendue et que les propriétaires faisaient des prix pour se débarrasser de tout ce qu'il y avait à l'intérieur. Je me souviens d'une dame très élégante qui parcourait la maison comme si elle la connaissait et qui parlait à voix basse avec celui qui marchandait. À cet instant, j'ai pensé que c'était elle la propriétaire.

Voilà, Inés, j'espère que ce que je t'ai raconté t'aidera. Si tu as besoin d'un complément d'information, envoie-moi un autre fax.

Amicales salutations,

Alicia S. Gutiérrez.

Tout était là. Pas un mot sur Elena. La lettre évoquait juste la très élégante dame qui semblait être la propriétaire de la maison. Elena, peut-être ? Une femme, adolescente en 1958, était, sans aucun doute, devenue une dame en 1984 ; en considérant, bien sûr, qu'elle ait continué à vivre…

« Que faire ? » me demandais-je, le fax à la main, assise sur la place. « Chercher une grande demeure dans le quartier de San Telmo ? Absurde. Il devait y en avoir à peu près quatre-vingt mille… » Le plus amusant était que j'avais habité toute ma vie à San Telmo et que la maison d'Elena se trouvait peut-être tout près de chez moi et que je l'ignorais. Bien sûr, à cet instant précis, si quelqu'un m'avait indiqué avec exactitude quelle était la maison en question, je n'ai pas la moindre idée de ce que j'aurais pu faire. Je ne m'interrogeais pas non plus sur le fait de savoir si, après quarante et quelques années, il était encore possible de découvrir quoi que ce soit. En fait, il ne me venait pas à l'esprit de penser aux difficultés. Je ne voulais qu'une chose : retrouver la maison. Je verrais bien quoi faire ensuite.

J'ai donc écrit un nouveau fax à Alicia Gutiérrez, en la priant de me donner n'importe quel détail de la maison dont elle se souviendrait ; par exemple s'il y avait des balcons, ou peut-être une coupole… Cette fois, elle a mis deux semaines à me répondre, mais l'attente valait la peine.

La réponse est arrivée par courrier, un samedi matin ; ça m'a surprise parce que je m'attendais à un fax. Et c'est Javier qui a réceptionné la lettre des mains du facteur. Heureusement que j'ai eu une idée pour me sortir d'affaires car sinon il serait encore à me tourner autour pour essayer de savoir qui m'écrivait et pour quelle raison. J'ai inventé qu'Alicia était la correspondante d'une amie de cours et qu'elle souhaitait entretenir une relation épistolaire avec d'autres filles argentines, et que je m'étais proposée. Il a répondu que mes amies et moi venions d'une autre planète et que ce n'était que dans les romans qu'on écrivait des lettres manuscrites. J'ai dit qu'il avait raison et je suis partie comme une flèche dans ma chambre pour lire la lettre.

Chère Inés,

J'espère que tu m'excuseras pour ma réponse tardive mais j'ai beaucoup réfléchi après avoir reçu ton fax dans lequel tu me demandais si je me souvenais de la maison. C'est étrange, mais si tu ne m'avais pas parlé d'une coupole, peut-être que rien ne me serait revenu en mémoire. Beaucoup de temps s'est écoulé. Cependant, parfois il suffit d'un mot, d'une odeur, d'un son, que sais-je, d'une chose en apparence insignifiante qui soudain nous met sous les yeux un fragment du passé oublié. C'est ce qui s'est produit quand tu m'as questionnée pour savoir si la maison avait une coupole. Comme c'est étrange. Bon, je te raconte. Ce jour-là, comme je te l'ai déjà dit, tout ce qui restait dans la maison était à vendre. Moi, j'étais très intéressée et anxieuse car c'était la première fois que j'achetais seule, dans la mesure où jusque-là ma mère l'avait toujours fait. Mon anxiété était si forte que je suis arrivée deux heures en avance. Imagine-toi, j'étais seule, dans un lieu inconnu, puisque le seul endroit que je connaissais de Buenos Aires était le centre (j'ai toujours vécu à San Isidro et c'était mon monde). Bref, qu'est-ce que je pouvais bien faire de ces deux heures ? J'ai d'abord pensé chercher un café. J'ai regardé de part et d'autre et je n'en ai vu aucun. Je ne voulais pas trop m'éloigner par peur de me perdre, de ne pas retrouver ma route ou d'être en retard. Je n'ai jamais eu le sens de l'orientation. Ça, je te le dis pour que tu comprennes ce qui suit. J'étais donc là-bas, avec deux heures à remplir d'une façon ou d'une autre, sans café à portée de vue et refusant de m'éloigner. Je te garantis que je n'ai pas la moindre idée du nom de la rue où était située la maison. Je sais qu'elle occupait tout l'angle de la rue, qu'elle était très grande, qu'elle avait une coupole, ou, pour m'exprimer plus clairement, ce que je pensais être une coupole ; je t'explique. J'ai longé un ou deux pâtés de maisons en me dirigeant vers quelque chose qui ressemblait à un parc. Je me souviens que quand je me suis demandé où aller, j'ai regardé d'un côté, et là j'ai vu beaucoup de plantes, des arbres et un portail grillagé. Le tout était situé au fond de l'une des rues. Je me suis dirigée vers cet endroit et, une fois arrivée, j'ai lu sur une plaque accrochée au mur le nom d'un musée (je ne me souviens pas de quel musée il s'agissait). J'avais donc trouvé un endroit où passer le temps. Je me suis alors retournée pour voir la maison. Je te l'ai déjà dit, ça peut sembler idiot mais je voulais pouvoir m'orienter facilement, je voulais être sûre que la maison était bien là, à portée de vue. Et c'est à cet instant, avant d'entrer dans le musée, que mon regard s'est posé sur la coupole : j'avais face à moi une autre perspective de la maison. Je la voyais entièrement avec sa coupole inachevée : il lui manquait le toit. Je t'assure, ça m'a intriguée. Comme tu t'en rendras compte, et pour être précise, on ne peut donc pas parler d'une véritable coupole. En réalité, il y avait une chambre ronde, pareille à une tour, sur la partie supérieure de la maison, mais sans toit voûté, qui est ce qui aurait formé une vraie coupole. En fait, même si ce n'en était pas une, j'ai pensé qu'il s'agissait d'une coupole sans toit, et c'est ce qui compte, parce que ça a été le mot magique qui m'a fait me souvenir de tout. Je poursuis. Je suis restée à regarder la maison ; elle avait quelque chose d'étrange, de mélancolique et de mystérieux avec cette chambre ronde sans plafond.

J'avais un peu honte de rester plantée là, à regarder vers la rue. J'étais un peu timide à l'époque. J'ai fini par entrer dans le musée, je ne me souviens plus de son nom, comme je te l'ai dit. Je sais qu'il y avait beaucoup de choses liées à José de San Martín ; je me rappelle par exemple une réplique de sa chambre à Boulogne-sur-Mer. Il y avait aussi des grands tableaux de batailles, des vêtements de l'époque coloniale… Je sais que le musée était dans un parc que je n'ai pas osé visiter parce que j'avais peur de me perdre et d'arriver en retard pour la vente aux enchères. En sortant du musée, la première chose que j'ai vue a été la maison à la coupole. Elle était bien là, droit devant, à moins de cent mètres. Tu peux me croire, c'était impossible de se perdre ; et n'oublie pas que je n'ai vraiment aucun sens de l'orientation.

Voilà, Inés, tu as ici tous les souvenirs qui me sont revenus. Ou du moins les plus précis. Je t'ai déjà parlé de la dame élégante qui parlait avec le commissaire-priseur et que j'ai supposé être la propriétaire. Je me souviens aussi d'un escalier en bois très imposant, d'un style aristocratique, mais rien de plus. J'ai acheté la robe, quelques objets en porcelaine et des couverts en argent ; il me semble que c'est tout. J'ai acheté la robe parce qu'elle me faisait penser à celles que je portais quand j'étais petite. Je te laisse donc, en espérant t'avoir été d'une quelconque utilité.

Bonne chance pour ta rédaction.

Cordiales salutations,

Alicia S. Gutiérrez

Incroyable. C'était plus facile que ce que j'avais imaginé. Le musée ne pouvait être que le musée du parc Lezama, c'est-à-dire, le Musée historique national. Je le connais. C'est là que se trouve la réplique de la chambre de San Martín à Boulogne-sur-Mer, comme se le rappelait Alicia. Je suis sortie comme une flèche, bien sûr ; même si, comme toujours, j'ai pris mes précautions. Ce n'était pas le meilleur moment pour quitter la maison. Le samedi matin, on y est tous réunis et chacun doit faire la tâche ménagère qui lui revient. Il n'y a personne pour nous aider, sauf deux fois par mois, occasion où se présente la tant attendue et aimée Teresa, qui, après six heures de ménage de fond en comble, laisse la maison tellement propre qu'elle brille comme un sou neuf. C'est dommage que tant d'hygiène dure si peu. Bref, comme la gentille Teresa ne vient pas très souvent, on est obligés de se répartir les tâches ménagères à nous cinq. Un peu chacun, certains plus que d'autres, et, du fait d'un mystère de la vie, moi plus que tous les autres. Il n'y a rien à faire. Ce samedi, j'étais chargée de laver la salle de bains et Juanjo devait faire le marché. J'aurais pu attendre tranquillement l'après-midi et sortir sans avoir à me justifier ; mais je n'ai pas pu m'empêcher d'échanger la tâche du marché contre celle de la salle de bains avec Juanjo. Il a accepté à condition que je prépare le repas le lundi suivant à sa place ; selon lui, nettoyer la salle de bains était plus pénible que faire le marché. J'ai accepté, même si, le mardi suivant, je devrais cuisiner à nouveau, c'était mon tour. « Et me revoilà prise en sandwich », ai-je pensé mais ça m'était bien égal. J'ai pris le sac à courses et j'ai filé.

Le marché est situé à deux pâtés de maisons de chez nous et le parc Lezama à six. J'ai avancé jusqu'à la rue du musée, la rue Defensa, et j'ai continué jusqu'au croisement avec la rue Caseros, qui est celle où se trouve le portail grillagé qu'évoquait Alicia. Je me suis déplacée presque en courant ; quand je suis arrivée, j'ai monté une marche en regardant vers le musée, ensuite je me suis tournée d'un seul coup et j'ai regardé la rue Caseros, en tournant le dos à la porte du musée. Elle était là, un pâté de maisons plus loin. Comment ne pas la voir ? À l'angle de la rue d'après. Une coupole coupée à ras. Une tour. Un dôme sans toit ou comme on voudra l'appeler. Une chambre ronde dans la partie supérieure de la maison, sans dôme. Je ne sais pas vraiment comment dire. Mais elle était là. C'était une vieille maison, comme presque toutes celles du quartier, au croisement des rues Caseros et Bolívar, à sept ou huit pâtés de maison de chez moi. C'est ainsi qu'Alicia l'avait vue et comme ça que je la percevais. Je suis restée quelques minutes à tenter d'imaginer Elena accrochée à l'une des fenêtres. Comment avait-elle bien pu faire ? On ne voyait pas de terrasse ni de corniche. La petite terrasse dont parlait Elena dans sa lettre devait être dans la partie arrière de la maison. Je suis arrivée au coin de la rue Bolívar et j'ai traversé vers le trottoir d'en face, en diagonale de la maison. Je ne pouvais arrêter de penser à Elena, perchée sur la tour, espionnant à travers l'une des fenêtres. Rien que d'y songer, j'avais le vertige. La maison avait trois niveaux en plus de la tour. Des étages vraiment hauts car il s'agissait d'une maison ancienne. Et en mauvais état. On aurait dit qu'elle était abandonnée. À côté de la porte, on voyait une pancarte. J'ai traversé pour lire : « Jazz, flamenco, musculation ». Je me suis dit que si je décidais de mener une enquête sur la maison, je pourrais m'inscrire à un cours de danse. Mais je n'étais pas convaincue. Ce que j'avais à découvrir ne se trouvait pas à l'intérieur. J'avais besoin que quelqu'un me raconte ce qui était arrivé à ceux qui avaient occupé les lieux à la fin des années cinquante. Et il ne restait plus personne de cette époque dans la maison ; celle-ci avait été vendue ; les anciens habitants s'étaient débarrassés de leurs meubles, de tout. Il n'y avait rien à chercher à l'intérieur. Et à l'extérieur ? Par où commencer ? À qui demander ? Peut-être à un voisin âgé qui se souviendrait de cette époque. Mais qui ? Et comment le trouver ? Les gens peuvent déménager ou mourir. Que faire ? J'ai traversé à nouveau et j'ai marché le long de la rue Bolívar, en pensant que le mieux pour l'instant était de faire le vide dans ma tête, de filer au marché, et de rentrer tôt à la maison, parce que ma mère attendait le poisson pour préparer le repas. J'ai poursuivi mon chemin et, en arrivant à l'angle de la rue Brasil, je me suis retournée brusquement. Au loin, j'ai à nouveau aperçu la tour d'où Elena s'était suspendue de l'une des fenêtres. J'ai voulu éviter la tentation de me retourner encore une fois. Je me suis focalisée sur le marché, le poisson, les légumes, les fruits, ma mère, le repas, Juanjo, qui aurait probablement fini de nettoyer la salle de bains et qui était débarrassé de tâches ménagères jusqu'à jeudi… et sur moi ; je me suis focalisée sur moi qui n'avais même pas mis un pied au marché et à qui il restait peu de temps avant midi, et qui serais obligée de faire la queue pour acheter le poisson, les légumes et les fruits… Et aussi de faire à manger lundi et mardi… Et comme tant d'autres fois, je me suis sentie coincée comme une rondelle de saucisson entre deux tranches de pain.

4

S'il y a une matière que je déteste, c'est bien les maths. J'ai dû passer un examen en décembre. Le comble, c'est qu'à la maison on ne m'a même pas donné la possibilité de m'y préparer avec un prof particulier.

– Tu as déjà un prof à la maison, m'a dit ma mère. Juanjo est très fort en maths. À quoi bon payer des cours en plus ?

– Juanjo n'a pas de patience, ai-je protesté.

– Toi non plus, a rétorqué ma mère. Mais ça, ça peut s'arranger avec un peu de bonne volonté de part et d'autre. L'incident est clos.

Et de fait, il l'était. En réalité, face à un argument aussi raisonnable, il n'y avait rien à ajouter. Le pire c'est que l'année dernière exactement la même chose s'était produite. Ça s'était passé à peu près comme ça :

Juanjo m'expliquait, moi je ne comprenais pas, il s'énervait et me criait dessus, on se disputait, et on passait le reste de la journée sans s'adresser la parole, ma mère rentrait et Juanjo lui disait du mal de moi, moi, je me défendais en disant du mal de lui, ma mère se fâchait avec moi et moi je lui faisais la tête... Et ça a duré pendant dix jours comme ça. Heureusement, je m'en suis tirée avec un douze sur vingt et la torture s'est arrêtée.

Mais cette fois-ci les choses se sont passées de façon différente. Différente et pire. J'ai dû non seulement supporter mon pédant de frère aîné mais aussi l'intelligence supérieure de mon frère cadet. Javier est manifestement insupportable. Il a un an de moins que moi et il sait plus de trucs. Il est aussi fort que Juanjo. Pour être honnête, et je ne le reconnaîtrai jamais devant lui, Javier est brillant en maths. Le problème est qu'il adore m'embêter. Et au plus haut point. Bref, cette fois-ci, j'ai dû supporter les deux à la fois. C'est Juanjo qui commençait à m'expliquer, moi je ne comprenais pas, il s'énervait, on se disputait, Javier arrivait, il m'expliquait en me criant dessus, moi, je ne comprenais pas et me mettais à crier, il se fâchait, je me fâchais, on se faisait la tête, quand maman rentrait, ils se plaignaient en chœur, maman me réprimandait et ainsi de suite… Heureusement je m'en suis sortie une fois de plus avec un douze et affaire classée.

Bien entendu, avec tout ça, je n'ai pas eu beaucoup de temps pour continuer mon enquête. Novembre est passé comme un coup de vent. On dirait que les professeurs se mettent d'accord pour nous coller tous les contrôles en même temps. Et à cause des maths, le mois de décembre est passé aussi pratiquement inaperçu. Heureusement, avec les vacances d'été, j'ai enfin eu du temps libre pour me replonger dans mes recherches.

J'avais déjà repéré la maison d'Elena. Mais qui allait pouvoir me donner des informations sur ce qui s'y était passé en 1958 ? Je crois que la seule option sensée, pour qui que ce soit, était d'aller demander aux voisins. Aussitôt dit, aussitôt fait. Un lundi matin je me suis mise en route avec une nouvelle tactique d'abordage – les cours étant terminés, le prétexte d'un travail pour le lycée n'était plus plausible.

– Bonjour monsieur, ai-je dit à l'homme qui nettoyait la terrasse du restaurant situé en face de la maison d'Elena.

– Bonjour, a-t-il répondu en posant le balai-brosse juste à temps pour ne pas m'éclabousser.

– Je travaille pour une revue et je fais une enquête sur le quartier, plus précisément sur comment était le quartier il y a un peu plus de quarante ans. (L'homme paraissait avoir envie de continuer de passer son balai-brosse.) Dans les années cinquante… pour être exacte ; on veut essayer de reconstituer cette époque dans tous les quartiers.

– Et qu'est-ce que je peux faire pour toi, moi ? a-t-il rétorqué en reprenant son balai-brosse.

– Eh bien, peut-être que vous vous rappelez quelque chose.

J'ai fait un pas de côté pour ne pas être aspergée.

– Non, vraiment pas, a-t-il affirmé en cessant de balayer. À cette époque, j'étais trop petit et, en plus, je ne vivais pas dans ce quartier.

– Et vous connaissez quelqu'un qui pourrait me donner un coup de main ?

– Attends… a-t-il murmuré, l'air pensif, en s'appuyant sur le manche de son balai. Il y a une vieille dame qui habite là, juste en face. Peut-être qu'elle pourra t'aider. D'après ce que je sais, elle a toujours vécu là.

Bien entendu, j'y suis allée. La dame vivait au-dessus de l'épicerie qui était au coin de la rue, juste en face de la maison d'Elena, en diagonale. C'était la propriétaire de tout le pâté de maisons et elle louait le local à un voisin. C'est le balayeur qui m'avait raconté tout ça.

J'ai utilisé de nouveau ma tactique d'approche : je suis entrée, j'ai salué la seule personne visible, je me suis présentée comme journaliste stagiaire pour un magazine en quête d'informations sur le passé des quartiers de Buenos Aires, et je lui ai demandé s'il connaissait la voisine du dessus, en précisant bien sûr que je venais de la part du restaurant d'en face.

– C'est une dame très âgée, m'a-t-il dit en suspendant un chapelet de chorizos à un crochet au-dessus du comptoir. Je ne sais pas si elle pourra vous recevoir.

– S'il vous plaît, ce sont juste quelques questions. Vous imaginez bien que toutes les personnes qui peuvent me renseigner sont… d'un âge avancé. (J'avais voulu le dire d'une façon polie, mais je me suis sentie bête de ne pas avoir osé dire « vieilles ».)

– D'accord, dit-il, bien que pas très enthousiaste. Attendez-moi un instant.

Il est allé vers le fond de la boutique.

– Améééliaaaaa… ! a-t-il crié. Dites à doña Anita qu'il y a quelqu'un qui veut la voir !

Amelia est apparue aussitôt, comme si elle attendait qu'on l'appelle.

– Qui la réclame ? m'a-t-elle demandé avec un air méfiant.

Je lui ai fait mon discours d'une traite, je lui ai souri et je l'ai fixée en guettant une réponse. Tout ce que j'ai obtenu a été un gros soupir et un geste d'impatience. Elle est partie et je suis restée là à attendre. Je ne sais pas vraiment pourquoi, mais c'est ce que j'ai fait. L'homme à son comptoir ne me regardait même pas, il emballait des œufs dans du papier journal. Blotti dans un coin, un chat noir dormait. Au plafond, un ventilateur tournait lentement de façon monotone, produisant un ronronnement doux et sourd. Amelia est revenue, avec le même air méfiant et impatient.

– Doña Anita va descendre, elle te prie de l'attendre.

Je me suis assise sur un banc, juste à côté d'un cageot d'oignons, bien décidée à demeurer là le temps qu'il faudrait. Et j'ai eu de la chance, ça n'a pas été long.

– Qui veut me voir ?

La voix venait de derrière moi. Une voix faible, douce et éraillée à la fois.

Doña Anita était là, une longue silhouette maigre et frêle comme une branche d'arbre sur le point de se briser. On aurait dit qu'elle récitait ses prières quand elle parlait. Je l'ai saluée et lui ai cédé mon banc.

– Alors, l'histoire du quartier... Intéressant, a-t-elle à peine murmuré.

Je me suis mise à parler, à parler sans cesse. Par moments, on aurait dit qu'elle était complètement abasourdie. Elle paraissait si fragile... que j'ai cru un instant que le seul souffle de mes mots pourrait la faire tomber de son banc. Je savais par cœur tout ce que je devais dire, mais ça ne m'empêchait pas de temps en temps d'ajouter des détails au pied levé. Je lui ai dit que je savais déjà comment était le parc Lezama il y a cinquante ans, quand il y avait des poissons rouges dans les bassins des fontaines et que les parterres étaient remplis de rosiers. J'insistais tout particulièrement sur le fait que j'étais intriguée par les maisons parce qu'elles étaient anciennes et avaient du cachet. Connaissait-elle, par hasard, l'histoire de l'une des demeures de ce pâté de maisons ? Pourquoi ne fermait-elle pas les yeux, pour faire un voyage dans le temps, et remonter quarante ou cinquante ans en arrière... ? Doña Anita souriait, elle était lasse, et au fur et à mesure que je parlais son regard se perdait dans le temps. Bien évidemment, doña Anita se souvenait. L'homme continuait d'emballer ses œufs sur son comptoir. Amelia coupait du jambon et de temps en temps me lançait de drôles de regards, curieux et méfiants. Doña Anita a fermé les yeux, je me suis tue, j'ai pris une grande inspiration et j'ai poussé un grand soupir. On entendait seulement le léger sifflement de la trancheuse à jambon, le froissement du papier journal qui recouvrait les œufs, et le ronronnement du ventilateur.

– Il y a une histoire très triste… a déclaré doña Anita. Je ne sais pas si ça te sera utile.

– Bien sûr que si, me suis-je empressée de répondre en approchant le magnétophone, tout peut servir. Racontez-moi, je vous en prie.

Un autre temps d'arrêt, doña Anita a fermé les yeux avant de les rouvrir, elle a tendu son bras squelettique et tremblant et a montré l'autre coin de la rue. La maison d'en face, en diagonale. Je recommençais à soupirer profondément, très profondément, mais cette fois c'était nerveux.

– Oui, c'est dans cette maison. Il y a plus de quarante ans déjà. Quel malheur, pauvre petite Elena… si bonne, si jeune… Elle avait à peu près ton âge, a-t-elle dit en détournant son regard de la maison pour me fixer droit dans les yeux. Elle s'est tuée, tu sais. Elle n'allait pas bien du tout, la pauvre petite, elle était dérangée... Elle a beaucoup souffert au long de sa vie... D'abord, sa mère est morte quand elle était encore toute petite. Ensuite, son père s'est remarié avec une gentille jeune femme, beaucoup plus jeune que lui. Mais Elenita ne l'a jamais supportée. Plus tard, son père est tombé malade... il était vraiment très très mal. Elenita est restée à son chevet nuit et jour et lui a apporté tous les soins nécessaires. Tu te rends compte, c'était la seule personne qu'il lui restait. Elle n'avait ni frère ni sœur. Elle était seule pour tout faire. Elle avait tellement peur de le perdre, la pauvre petite... Mais, malheureusement, l'état de don Emilio empirait de jour en jour et il a fini par mourir. Elenita n'a pas pu s'en remettre. Elle est restée enfermée dans sa chambre des jours entiers sans parler à personne. Elle ne voulait pas manger... et apparemment elle est devenue folle... pauvre petit ange... C'est ce que les gens racontaient, et ça devait être vrai, parce que pour arriver à faire ce qu'elle a fait... Mon Dieu ! Elle est montée en haut de la tour et s'est jetée dans le vide ! Dans le quartier, personne n'arrivait à y croire.

À ce moment précis de l'histoire, doña Anita avait de nouveau le regard fixé sur la maison d'en face.

– Elle s'est jetée dans le vide du haut de la tour...

ai-je répété en regardant moi aussi vers l'autre côté de la rue. Et après, que s'est-il passé ?

– La veuve est restée encore quelque temps dans la maison avec son frère qui lui tenait compagnie. C'était une gentille femme...

– Et avant la mort d'Elena et de son père, ce frère vivait-il déjà avec eux ?

– Il était toujours là, mais je ne sais pas s'il vivait vraiment dans la maison.

– Parlez-moi d'Elena, s'il vous plaît. Quels sont vos souvenirs ? Comment était-elle ?

– C'était une belle gamine, mais elle était triste. Elle ne sortait pratiquement jamais. Don Emilio n'était pas facile à vivre. Il voulait avoir le contrôle sur tout. Un brave homme, mais trop strict et trop sévère. Sa première femme, la mère d'Elena, me parlait quelquefois quand elle venait à la boutique. À cette époque, mon mari et moi avions une épicerie, on y travaillait tous les deux. Quand elle venait faire les courses (c'était rare, parce que la plupart du temps c'était la bonne qui venait), on discutait parfois ensemble. Elle me racontait un peu sa vie. Elle se plaignait que don Emilio n'aimait pas sortir. Ils partaient tous les étés en vacances, mais restaient enfermés à la maison le reste de l'année...

– Et Elena venait-elle aussi faire les courses ?

– Quand elle était toute petite, elle venait avec sa maman et elle restait jouer avec ma fille. Elles avaient le même âge. Mais une fois sa pauvre mère morte, elle n'est plus revenue. Don Emilio le lui interdisait…

– Et votre fille, elle se souvient d'Elena ?

– Je ne sais pas, peut-être qu'elle s'en souvient… a-t-elle dit en me regardant d'un air si triste que je croyais qu'elle allait pleurer.

J'avais l'impression d'avoir fait une bourde en lui parlant de sa fille, mais elle a continué.

– Ma fille vit en France, elle vient une fois par an…

– Vous pouvez me raconter quelque chose d'autre sur la famille d'Elena ? lui ai-je demandé, pour essayer de lui changer les idées.

– Non… non… Ça fait tellement longtemps…

– Et la maison ? Ils l'ont vendue ?

– Oui, mais beaucoup plus tard, plusieurs années après. Elle est restée longtemps vide. Quand la coupole s'est écroulée, c'est le frère qui est venu… Mais la veuve, je ne l'ai pas vue.

– Quand la coupole s'est écroulée… ? ai-je répété, très intriguée.

– Oui. Cette tour que tu vois maintenant, m'a-t-elle dit en se levant de son banc et en se dirigeant vers la porte, avant, elle avait une coupole. Elle était magnifique. Quelle demeure ! Quel palace ! Eh bien, dit-elle sur un ton plus animé, un orage terrible a éclaté en pleine nuit. Je ne me rappelle plus la date exacte, mais je suis sûre que la maison avait déjà été désertée. Et c'est au petit matin, quand on s'est levés, qu'on s'est rendu compte que la coupole n'était plus là. Elle avait été complètement détruite. Sûrement la foudre. Elle ne devait plus être en très bon état ; car après la mort de don Emilio, personne ne s'est plus jamais occupé de l'entretien de la maison... C'est pour ça que, depuis ce jour-là, la tour est restée sans sa coupole ; dans le même état que tu la vois maintenant. Quelqu'un a dû prévenir la veuve, car peu de temps après son frère est apparu. Il est venu avec quelques maçons qui ont juste réparé le toit de la tour, point final.

Et ce fut aussi le point final des souvenirs de doña Anita. Elle a fait demi-tour et a demandé à Amelia de la raccompagner chez elle. Puis, avec un gentil sourire, elle m'a dit :

– J'espère au moins que tu m'apporteras un exemplaire de la revue quand ton article sera publié.

– Oui, bien entendu. Il faudra attendre un peu, comme il s'agit d'une nouvelle revue, et même si la publication de ce reportage est prévue dans le premier numéro, ça prendra bien deux ou trois mois, dans le meilleur des cas et si tout va bien…

J'improvisais, pour essayer de gagner du temps afin de trouver la manière de lui faire dire quelque chose de plus.

– Bon… je dois m'en aller, je suis fatiguée. Je te prie de bien vouloir m'excuser. De toute façon, je n'ai pas grand-chose de plus à te raconter… Je n'ai plus une très bonne mémoire… C'est dommage que tu ne sois pas venue la semaine dernière, avec un peu de chance tu aurais pu rencontrer Amparito. Elle, elle en sait des choses…

– Amparito… ?

– Oui, la bonne. Elle a vécu pendant de longues années dans la famille d'Elenita…

– Elle vient vous voir souvent ? ai-je demandé, bien décidée à remuer ciel et terre si c'était nécessaire pour pouvoir rencontrer Amparito.

– Oui, elle vient assez régulièrement. C'est une très brave femme. Très dévouée…

– Elle vit dans les parages ?

– Oui, tout près. Au Rawson.

– Dans l'hôpital ?

– Oui. Il y a un hospice, une maison… Amparito y vit et y travaille. Elle a une chambre pour elle toute seule. Elle est plutôt contente, la pauvre… Tu t'imagines un peu si elle devait payer un loyer ? Comment elle ferait ? Elle n'a pas les moyens…

– J'irai la voir. (Je me suis juré que je le ferais.) Quel est son nom de famille ?

– Je ne sais plus… Mais ce n'est pas grave, tout le monde la connaît là-bas. Tu dis que tu viens voir Amparo, ou plutôt Amparito. Je ne crois pas qu'il y en ait une autre…

5

Amparito. Amparito était la clé de l'énigme. Tout du moins, c'est ce que je pensais. Une femme qui avait vécu sous le même toit qu'Elena était au courant de beaucoup de choses. J'ai quitté l'épicerie en cogitant et en tirant des conclusions. Dans un premier élan, j'ai eu envie d'aller directement au Rawson. Mais tout bien réfléchi, il valait mieux que je prenne mon temps et que je prépare la liste des questions que je devais poser à Amparito. Je suis rentrée à la maison et, à peine arrivée, je me suis rappelé que je devais faire à manger. Impeccable, il n'y avait pas de problème. J'avais largement le temps de mettre au point le menu prévu, de préparer la sauce tomate, de faire cuire les nouilles et de râper le fromage. Par chance, Juanjo et Javier n'étaient pas là ; donc je pouvais faire les deux choses à la fois, cuisiner et penser sans être dérangée, pas de vacarme, et personne qui entrait dans la cuisine toutes les cinq minutes pour boire un coup, ouvrir le frigo ou prendre un paquet de gâteaux. Réfléchir, je voulais réfléchir. Avec ce qu'avait raconté doña Anita, cela ne faisait plus de doute : Elena avait été tuée. Avec la lettre à l'appui, plus personne ne pourrait croire au suicide. Elle l'avait dit bien clairement : *« … Si mon père meurt, je serai la prochaine victime. »* Et c'est comme ça que tout s'était passé. Le père était mort et elle aussi. Conclusion : on les avait tués. Mais qui ? Sa femme et le frère. C'étaient eux qui étaient en train de parler de poison quand Elena montait à la tour ? D'abord, ils ont tué le père, puis ils ont fait passer sa fille pour une folle. Et les voilà riches tous les deux. Aussi facile que ça. Affaire résolue : victimes, assassins, mobile du crime et la lettre comme pièce à conviction. Mais à qui et pourquoi le prouver ? Après autant de temps. De plus, même si j'étais convaincue que les événements s'étaient déroulés de cette manière, je ne pouvais pas être certaine que la lettre prouverait la culpabilité de la veuve et du frère. On pourrait dire qu'Elena avait écrit cette lettre sous l'emprise de la folie, qu'elle était parano ou quelque chose dans le genre, et peut-être que c'était vrai. De surcroît, qui pourrait bien vouloir connaître la vérité sur des faits qui remontaient aussi loin ? Moi, bien sûr, mais qui étais-je pour me mêler de ce qui ne me regardait pas ? Finalement, je me suis décidée à laisser de côté la liste des questions, il était préférable que je commence par me creuser la tête pour trouver ce que j'allais raconter à Amparito.

Je n'avais pas vraiment le choix. La seule chose que je pouvais faire, c'était de continuer avec mon baratin de reportage pour un magazine. Tout le monde était tombé dans le panneau. Ils avaient cru dur comme fer que j'étais une stagiaire en journalisme, l'homme au balai devant le restaurant, le vendeur de l'épicerie, doña Anita et même Amelia. Et si l'un d'eux avait eu un doute à un moment donné, il ne m'avait rien dit. Et si quelqu'un avait eu des soupçons à cause de mon jeune âge, j'avais une repartie toute prête : j'étais étudiante en journalisme, stagiaire dans une petite revue locale d'un collectif de quartiers. C'était très plausible, pourquoi ne me croiraient-ils pas ?

Après le repas, pendant que Juanjo faisait la vaisselle et que Javier attendait pour l'essuyer, je suis allée dans ma chambre et j'ai écrit une longue liste de questions pour Amparito. Il y en avait de toutes sortes. Je ne voulais rien oublier. Je me présenterais, et lui parlerais du magazine. Ensuite je lui parlerais de la maison au coin des rues Bolívar et Caseros et lui raconterais l'histoire que m'avait relatée doña Anita. Un peu plus tard, je lui présenterais le micro et je la laisserais parler. Au cas où elle ne serait pas assez inspirée, je pourrais l'aider avec ma liste de questions. Facile. Mais comme je ne savais pas vraiment ce qu'Amparito allait pouvoir me raconter, je ne voulais pas tirer de conclusions hâtives. Bien entendu, j'avais l'espoir qu'elle puisse m'aider à trouver Malu. Je savais que ça ne serait pas facile. Malu pouvait avoir déménagé, ou être morte, c'était possible. Jusqu'à présent, tout allait comme sur des roulettes. Dès le début. D'abord quand Alicia avait répondu à ma première lettre et encore mieux après la deuxième. Ensuite doña Anita… et maintenant, Amparito. Je ne pouvais rien demander de plus.

J'avais enfin fini la liste des questions et j'étais en train d'essayer de m'imaginer Amparito, quand Juanjo a frappé à la porte de ma chambre pour me prévenir que ma super série télé de la quatrième chaîne avait commencé. Je n'en revenais pas. J'étais restée enfermée pendant deux heures. J'avais complètement perdu la notion du temps. J'ai décidé de ne plus me creuser la tête jusqu'au lendemain.

6

L'hôpital Rawson m'était assez familier. Quand j'étais à l'école primaire, on y allait pour les visites médicales scolaires et la mise à jour du carnet de santé. Je me souviens qu'on s'y rendait en groupe, accompagnés par nos mères. J'ai dû le fréquenter plus souvent que les autres à cause de mes problèmes de prononciation du « r ». Ma mère m'a emmenée le temps nécessaire à la consultation d'orthophonie. J'aimais bien aller au Rawson. Son aspect vieillot, ses murs carrelés de blanc et ses escaliers en bois qui craquaient formaient un ensemble à la fois fascinant, mystérieux et agréable, avec ses arbres et ses toits à double pente.

Je suis arrivée de bonne heure, j'ai franchi la grande porte d'entrée sur le côté de l'hôpital et me suis dirigée directement vers l'immeuble où j'allais avec maman lors de mes visites médicales. J'ai demandé à une femme en blouse bleu clair si elle connaissait Amparo.

– Vous pourrez la trouver dans l'hospice. C'est par là, indiqua-t-elle en me montrant un bâtiment situé à droite de la porte d'entrée.

Je m'y suis rendue. C'était immense. J'ai marché sur un large trottoir pavé, bordé par une rangée d'arbres et par un vieux mur très épais, au-dessus duquel on apercevait la cime des arbres de la rue et de la Plaza de España. Tout ça seulement sur ma droite. Sur ma gauche, je pouvais voir, trop bien alignés, les édifices de l'hospice avec leurs grandes façades tristes complètement écaillées, avec des fenêtres noires, des portes d'entrée désertes et un peu partout des petits vieux assis sur des bancs en bois.

J'adorais les arbres. J'aime les arbres en général. Il y en avait une grande variété. Plutôt gros et touffus le long du trottoir près du mur épais, dans l'allée et sur la place. Mais les pensionnaires me faisaient de la peine, et peur à la fois. Certains avaient la tête appuyée contre le mur avec les yeux fermés, d'autres le regard hagard, on avait l'impression qu'ils attendaient tous quelque chose. Mais que pouvaient-ils bien attendre ? C'est bien parce que je connaissais la réponse que j'étais effrayée. Je détournais le regard, c'est ce que tout le monde fait quand on n'aime pas ce qu'on voit. C'est alors que je l'ai aperçue. Je ne sais pas pourquoi, mais j'ai immédiatement su que c'était elle, Amparito. Elle était là, à genoux, elle jardinait, elle était en train de planter quelque chose. Elle portait une blouse verte et un foulard à fleurs sur la tête qui cachait ses cheveux.

– Êtes-vous Amparito ? osai-je.

– Oui, c'est bien moi, et vous, qui êtes-vous ? me demanda-t-elle en me regardant comme si j'étais une extraterrestre.

– Je m'appelle Inés, ai-je répondu en guise d'introduction, prête et bien décidée à déballer mon speech de présentation d'un trait, mais elle ne m'en a pas laissé le temps.

– Oh ! Inés ! Quel joli prénom. Quand j'étais petite, j'avais une amie qui s'appelait Inés. Et hier, j'ai justement pensé à elle… (D'un seul coup elle s'est tue, et m'a regardée, l'air surpris.) Je vous connais ? a-t-elle questionné.

Quand elle m'a laissée parler, je lui ai servi mon baratin, et je lui ai raconté aussi que j'avais eu un entretien avec doña Anita, que c'était elle qui m'avait envoyée ici ; je lui ai demandé si elle aurait l'amabilité de me raconter toute l'histoire de la maison à la coupole, qui m'intéressait plus particulièrement, etc. Amparito m'a écoutée sans m'interrompre. Elle me regardait, les yeux grands ouverts et sans même se relever. Et quand j'ai terminé mon discours, elle est restée encore un instant sans dire un mot. Et elle a dû profiter de ce moment de silence pour finir de mettre au point cette brillante idée qu'elle avait eue en m'écoutant.

– Une revue… murmura-t-elle, le regard ailleurs. C'est justement ce dont j'avais besoin. Je vais te raconter quelque chose de beaucoup plus intéressant que cette vieille histoire, me dit-elle en me fixant cette fois droit dans les yeux. Je vais te parler des vieux, ma jolie, des retraités. De ceux qui sont ici et de ceux qui sont dans la rue. De ceux qui ont travaillé toute leur vie, comme moi, et qui n'ont même pas un toit pour dormir. Ça, c'est bien plus important que ces histoires d'autrefois. Tu vas me faire le plaisir d'écrire un article et de le faire publier dans ta revue. Il faut que les gens sachent ce qui se passe réellement. Je vais te parler des restos solidaires qu'on est en train d'organiser avec un groupe de retraités pour les fêtes de Noël. Je vais t'inviter et tu pourras même venir avec des photographes de ton journal. Qu'est-ce que tu en penses ?

Elle me demandait ce que j'en pensais, et moi j'aurais voulu disparaître. Je mourais de honte. Et comme j'étais incapable de prononcer un mot, Amparito a continué de parler. Elle m'a expliqué qu'elle participait activement aux défilés de protestation des retraités, aux manifestations pour les droits de l'homme et à tous les rassemblements possibles du moment que la cause lui paraissait digne et juste. Donc, Amparito était une vraie militante des droits sociaux, une lutteuse solidaire qui souhaitait que je l'aide en écrivant un petit article pour dénoncer la douleur des gens – des personnes âgées –, pour ouvrir les yeux des autres sur la réalité. Et moi, que pouvais-je faire, sinon me sentir minable ? Devais-je continuer à mentir ? Dire que j'écrirais l'article, mais qu'elle devait d'abord me raconter l'histoire d'Elena ? Non, c'était impossible. Je continuais à la regarder, impassible et muette. Elle aussi s'était tue, elle me regardait, comme si elle me laissait un laps de temps pour lui répondre.

– Eh bien, ai-je commencé, j'aimerais faire ce que vous me demandez, mais… je ne peux pas.

– Vous ne publiez pas ce genre d'articles dans votre revue ?

– Non, non, ce n'est pas pour ça. C'est que…

Et je me suis interrompue. Je voulais lui dire la vérité mais je ne savais pas comment m'y prendre. J'avais tellement honte. Elle était si franche, et moi je mentais comme un arracheur de dents. En plus, j'avais l'impression qu'elle me sondait. Et tout d'un coup, elle a lancé :

– Et pourquoi cette maison t'intéresse-t-elle tellement ?

– C'est parce que j'ai une lettre d'Elena, lui ai-je avoué, en la regardant droit dans les yeux alors que j'étais stupéfaite d'avoir été droit au but.

– Comment ?

– J'ai une lettre d'Elena… ai-je répété comme une idiote.

Amparito est restée bouche bée un instant, sans cesser de me regarder, puis elle s'est relevée, a secoué la terre qu'elle avait sur les mains et les genoux et m'a montré du doigt un banc pour qu'on aille s'asseoir.

– Raconte-moi tout.

Ce que j'ai fait. Depuis le début. À partir de mon idée de m'acheter une robe pour aller à la soirée déguisée d'Ayelen. Amparito m'a écoutée sans m'interrompre. J'ai déroulé l'histoire d'une traite. Elle m'écoutait, les yeux entrouverts, elle était là mais elle était aussi là-bas, dans la maison de la rue Bolívar il y a plus de quarante ans. Par moments, j'avais l'impression qu'elle ne m'écoutait plus ; alors je me taisais une seconde, et, toujours sans rien dire, elle ouvrait grand les yeux et me regardait d'un air surpris. Alors je reprenais mon histoire, mais cette fois j'étais certaine qu'Amparito ne louperait pas un seul de mes mots.

Je ne sais pas combien de temps mon récit a duré, mais quand j'ai terminé, elle m'a dit :

– Je veux voir la lettre et la robe.

– Oui, lui ai-je dit, un peu contrariée par son ton autoritaire. Je vous les apporte en fin de journée.

– S'il te plaît, me dit-elle avec un air très sérieux, ne me vouvoie pas. J'ai l'impression d'être vieille.

Je ne sais pas si c'était nerveux ou non, mais j'ai été à deux doigts d'éclater de rire. Parce qu'à mes yeux, Amparito était vieille. Je ne voulais pas lui manquer de respect, mais je la voyais comme ma grand-mère ou celle de copains. Pour ma défense... je ne la connaissais pas encore très bien.

– Tutoie-moi, a-t-elle ordonné. Maintenant il faut que tu saches que si je veux voir la lettre et la robe, ce n'est pas parce que je n'ai pas confiance en toi, mais j'en ai absolument besoin pour faire un retour en arrière et voir si j'arrive à me souvenir d'autres choses avec plus de détails que maintenant. Tu me comprends ?

– Oui, bien sûr.

C'était impossible de ne pas comprendre. Je lui répétai que je lui rapporterais les deux en fin de journée. J'en ai profité aussi pour m'excuser de lui avoir menti sur la revue, mais en lui expliquant que c'était la seule manière que j'avais trouvée pour me présenter. Elle m'a rassurée, et m'a dit que c'était très compréhensible et que lorsque je lui aurais apporté la robe et la lettre, elle pensait bien me raconter tout ce dont elle se souvenait. Et une fois que je serais partie, elle allait concentrer son attention sur Elena, sur son père et la maison en tenant compte de tout ce que je lui avais dit, et peut-être que certains détails referaient surface. Nous nous sommes donné rendez-vous au même endroit à 17 h 30.

Il n'était pas question que je confie quoi que ce soit chez moi. À quoi ça servirait ? Je savais d'avance ce qu'ils allaient me dire : j'étais complètement folle, je devrais m'occuper de choses plus intéressantes, comme d'habitude. C'est pourquoi, au moment de partir avec la lettre et la robe, j'ai laissé un mot à ma mère pour lui dire que j'étais sortie avec une copine et que je reviendrais dans deux heures environ.

Quand je suis arrivée au Rawson, Amparito m'attendait déjà. Elle sirotait un maté, confortablement installée dans une chaise longue sous un tilleul. Il était tout en fleurs et diffusait un parfum entêtant. Amparito portait une blouse verte, identique à celle du matin, mais ce n'était bien évidemment pas la même parce que celle-ci était impeccable, sans tache de terre. Sa coiffure me fit un drôle d'effet. Le matin, je l'avais vue avec un foulard sur la tête qui ne laissait pas dépasser un seul de ses cheveux, et maintenant elle était rouquine, avec des cheveux mi-longs, une frange, style Christophe Colomb, et je pensais un court instant que c'était plus approprié à une jeune fille qu'à une vieille dame. Mais aujourd'hui je ne pourrais plus l'imaginer avec une autre coiffure. Impossible de trouver mieux pour elle.

– Je ne t'en offre pas, parce qu'il n'a pas été rincé, s'est-elle justifiée d'emblée en me montrant le maté. Et en plus, nous ne nous connaissons pas. Prendre le maté ensemble, c'est un honneur réservé aux intimes.

Elle avait raison. J'avais bien aimé la manière dont elle me l'avait dit. J'étais du même avis. Le maté se partage seulement avec la famille ou avec les amis, et nous, nous nous connaissions à peine.

– Viens là et assieds-toi, a-t-elle dit en me montrant une autre chaise longue, pliée contre l'arbre. Ne va pas croire que ce sont des chaises de l'hôpital, hein, elles sont à moi. J'en ai acheté deux parce que j'ai souvent des amies qui viennent boire le maté avec moi. J'aime bien les recevoir sous le tilleul. Il nous fait de l'ombre, et au printemps son parfum me rappelle tant de belles choses.

Je lui ai dit combien j'aimais les tilleuls et qu'en vérité j'aimais tous les arbres. Je lui ai parlé des arbres de paradis en bas de chez moi, elle m'a écoutée avec attention. Je déplorais que les fleurs durent si peu et qu'on soit obligé d'attendre une année entière pour pouvoir respirer de nouveau leur parfum. Amparito m'écoutait et souriait, tout son visage rayonnait, sa bouche, les fossettes de ses joues et ses yeux. Elle ne cessait de me sourire du fond des yeux. C'est comme ça que je me suis rendu compte de leur couleur. Ils étaient couleur miel, couleur miel doré avec des petits points scintillants.

– Tu sais que depuis que tu es partie je n'ai pas arrêté une seconde de penser à tout ça, a-t-elle déclaré, redevenue sérieuse d'un seul coup. Montre-moi d'abord la robe, on verra la lettre après.

J'avais laissé le sac contre le tilleul, et pratiquement oublié pourquoi j'étais venue. J'ai eu comme un sursaut, je me suis retournée, j'ai empoigné le sac et sorti la robe. Je l'ai étalée sur mes genoux. Ses beaux yeux s'emplirent de larmes, les petits points scintillants se sont mis à briller de plus belle.

– C'est incroyable... a-t-elle articulé en effleurant la robe du bout de ses doigts. Je m'en souviens très bien. J'ai dû faire un effort mental pour me rappeler tout ce que je t'ai raconté jusqu'à présent, mais maintenant j'ai plein de souvenirs qui me reviennent à l'esprit. Cette robe, elle se l'était fait faire pour son anniversaire. Je n'en suis pas certaine, mais si je me rappelle bien, elle ne l'a portée qu'une seule fois. Elle me l'avait laissée pour que je la porte chez la couturière, chez Malu ; elle voulait qu'elle lui fasse quelques retouches. C'était le jour de la mort de son père. Elle ne se sentait pas bien du tout. Elle était très nerveuse, elle ne mangeait plus, et elle faisait des cauchemars. Elle passait ses journées au chevet de son père. Il était très malade. Et peu de temps avant son décès, elle ne le quittait plus un seul instant. Elle dormait recroquevillée dans un fauteuil, près de son lit. Elle faisait peine à voir, elle était dans un état lamentable. Je me souviens que le jour où elle m'a donné la robe, je m'inquiétais vraiment pour elle. Elle était si maigre que je croyais qu'elle voulait qu'on la lui réajuste, mais pour quoi faire ? Elle ne sortait jamais. Une robe comme ça, ce n'était pas pour rester à la maison.

– Et ensuite, que s'est-il passé ? Tu as porté la robe chez la couturière ?

– Oui, j'y suis allée, mais elle n'était pas là. C'était mon jour de repos... Donc ce devait être un jeudi. Le jeudi était mon jour de repos, en fait ma demi-journée de repos, parce que je finissais à midi. J'avais tout juste le temps de faire quelques courses puis je déjeunais avec mon amie qui vivait au Once. Le dimanche, j'allais chez mes parents à San Vicente. Je partais le samedi soir et rentrais le lundi matin très tôt. J'étais contente de travailler là-bas. Ils me traitaient bien. La maison était immense. Tu la connais, sauf que maintenant elle est affreuse, abandonnée. Tu ne peux pas t'imaginer comment elle était à l'époque... un palais, un vrai palais. Il y avait d'autres domestiques. Ne crois pas que je m'occupais de tout toute seule. Seulement j'avais plus d'ancienneté et on me faisait davantage confiance. Tu te rends compte qu'Elenita venait à peine de naître et moi j'étais très jeune, eh oui mademoiselle, très jeune...

– Et la couturière ? ai-je demandé, pendant qu'Amparito soupirait et que son regard se figeait.

– Elle n'était pas là. Elle vivait juste à côté. J'étais pressée car mon amie m'attendait pour déjeuner, mais je ne pouvais pas faire faux bond à Elenita, pauvre petite. Elle avait tellement insisté sur le fait que c'était très urgent, avec un air désespéré... Maintenant je comprends pourquoi... Je croyais que c'était un caprice, une de ses folies, tout était envisageable, elle était si mal... Montre-moi la lettre, dit-elle brutalement, interrompant son récit.

Elle l'a lue en remuant à peine les lèvres, comme si elle priait, et quand elle a fini elle m'a regardée, les yeux pleins de larmes.

– Si j'avais su...

– C'était impossible, ai-je tenté d'articuler pour la rassurer. Comment aurais-tu pu savoir ?

– Si au moins elle m'avait dit quelque chose, j'aurais pu l'aider...

– Elle devait se méfier de tout le monde. Si elle était convaincue qu'on voulait empoisonner son père, c'était normal qu'elle ne fasse confiance à personne.

– Mais c'est terrible, ma petite, tu te rends compte ? Si ce que tu dis est vrai, ils ont dans un premier temps tué le père et ensuite ils l'ont tuée elle...

– Ou peut-être qu'ils n'ont tué personne et que tout ça est simplement le fruit du délire d'Elenita, ai-je répliqué en me rendant compte que c'était la première fois que j'envisageais cette hypothèse.

– Non, je ne crois pas, a affirmé Amparito, très sûre d'elle.

Elle venait de faire un sort à ma réflexion sensée qui aurait épaté ma famille.

– Parle-moi de Malu, lui ai-je demandé.

– Oui, comme je te disais, j'étais allée chez elle, et j'ai eu beau frapper à la porte, personne ne m'a ouvert. Je voulais arriver chez mon amie avant 13 heures. Tu sais bien, on devait déjeuner ensemble. Malgré cela, pour Elenita, j'ai décidé d'insister. De plus, si la couturière n'était pas là, qu'est-ce que j'allais faire avec ce vêtement ? Si j'étais retournée à la maison, Elenita m'aurait vue avec le paquet et elle aurait été encore plus fébrile. J'aurais pu emporter la robe avec moi à mon repas, mais je ne voulais pas. Elle était bien trop encombrante pour la traîner toute la journée. Je l'avais enveloppée dans du papier kraft, comme dans les teintureries. Tu vois ? Impossible de passer la journée avec ça sur les bras. Bon, je continue de te raconter. Comme je commençais à me lasser de frapper à cette porte, j'ai un peu réfléchi : « Peut-être est-elle allée faire une course, je vais faire le tour du pâté de maisons pour passer le temps et je reviens. » C'est ce que j'ai fait. À mon retour j'ai de nouveau toqué à la porte. Mais tous mes efforts ont été vains. Et je t'assure que je n'y allais pas de main morte. La porte avait un heurtoir en bronze, qui était bien lourd. Personne, il n'y avait personne. D'un seul coup j'ai eu une autre idée pour me débarrasser du paquet. Je me suis rendue à la boutique de primeurs de mon amie, juste en face. Je lui ai laissé la robe et lui ai demandé de la donner à Malu si elle la voyait et de lui dire qu'elle fasse la retouche prévue, le plus rapidement possible. Et au cas où elle ne la verrait pas, dès qu'elle aurait un petit moment de libre, qu'elle traverse la rue frapper chez elle. C'est tout, je suis partie.

– Et ensuite, que s'est-il passé ?

– Eh bien, quand je suis revenue, le père d'Elenita était décédé. À ce qu'il paraît juste avant mon arrivée ; il devait être autour de 21 heures, car je rentrais toujours à peu près à cette heure-là. Elenita, la pauvre petite, elle dormait. Le docteur De Bilbao, le médecin de la famille, lui avait prescrit des cachets pour dormir. Elle avait eu une très forte crise et ils étaient tous très inquiets pour sa santé. Elle était tellement faible… Au milieu d'un tel chaos, tu peux bien t'imaginer que la robe était le moindre de mes soucis.

– C'est donc la marchande de fruits qui avait toujours la robe. Raconte-moi à partir du moment où tu es revenue à la maison.

– Ne sois pas impatiente, je t'assure que je vais tout te raconter dans les moindres détails, car je m'en souviens très bien. Ces jours ont été si durs que je ne pourrai jamais les oublier. Ce soir-là, avant de rentrer à la maison, j'avais l'intention de passer par la boutique de primeurs de mon amie, pour savoir si elle avait pu donner la robe à Malu. Mais comme j'étais déjà en retard, que mon patron était tellement malade et qu'Elenita était dans un tel état de nerfs, j'ai préféré rentrer directement, car madame María del Carmen, la femme de don Emilio, pouvait avoir besoin de moi. J'ai pensé que j'irais aux nouvelles le lendemain matin de bonne heure pour savoir ce qui s'était passé avec la robe.

– Et alors tu y es allée le lendemain matin…

Amparito n'avait pas complètement réussi à me calmer.

– Si tu arrêtes de m'interrompre, j'irai plus vite, m'a reproché Amparito en soufflant sur sa frange. Le lendemain matin je n'ai pas pu y aller car don Emilio était décédé la veille. Donc j'ai laissé de côté le problème de la robe et j'ai aidé madame María del Carmen à préparer les obsèques. Imagine un peu dans quelle situation elle était. Jeune femme mais déjà veuve, avec le corps de son mari encore chaud dans son lit ; Elenita avec une crise de nerfs, et le frère qui ne collaborait pas vraiment… En un mot, elle ne savait pas quoi faire, mais grâce à mon soutien et à celui du docteur De Bilbao, elle s'en est sortie.

– Tu sais si Elena a eu le temps de parler avec le médecin avant de s'endormir ?

– Non, je ne sais pas. Si elle a pu lui dire quelque chose… impossible de le savoir… Je ne me doutais de rien. La première fois que j'ai entendu parler de l'histoire du poison, c'est quand j'ai lu la lettre que tu as trouvée… Maintenant, je peux relier certains faits et je commence à comprendre pas mal de choses… Viens avec moi, je vais préparer le maté.

Elle a jeté le reste du maté au pied du tilleul, a saisi le thermos et s'en est allée vers le fond du jardin où je l'ai suivie.

Un peu plus loin, après le pavillon des retraités, il y avait une construction plus récente, avec une grande pièce et une salle de bains.

– Voilà mon logement, m'a dit Amparito d'un ton très fier en me priant d'entrer. Il est modeste mais très fonctionnel… Je n'ai pas besoin de plus.

Ensuite, elle a mis de l'eau à chauffer, et pendant qu'elle préparait le maté elle m'a raconté toute son existence au Rawson, comme elle appelle cette période de sa vie.

– J'ai commencé à travailler ici, quelques années avant de prendre ma retraite, comme femme de service. J'avais toujours rêvé de passer les dernières années de ma vie tranquillement dans la maison de mes parents à San Vicente. Mais pas de chance… (Amparito regardait fixement le tilleul que l'on pouvait apercevoir par la fenêtre ouverte.) Quand j'aurais pu enfin profiter de cette petite maison avec son jardin et son potager que j'aimais tant, il ne restait plus rien. À la suite du décès des parents, mon frère et moi… tu sais, j'ai eu un frère, a-t-elle précisé en dirigeant son regard vers moi, nous avons tout vendu pour payer les dettes, ses dettes, parce que moi je n'ai jamais rien dû à personne. Je ne peux pas me permettre de le critiquer, il est décédé, comme nos parents. La vie continue, et je suis là ! s'est-elle exclamée tout en soupirant, Je ne pouvais pas lui en vouloir, c'était mon frère. Il m'a fait une belle vacherie, c'est tout. La vie continue, a-t-elle répété. Enfin, pour résumer, au moment de la retraite, je n'avais même pas un toit où dormir. Car, pour couronner le tout, la propriétaire de la pension où je vivais est elle-même décédée, et peu de temps après sa disparition ses héritiers ont vendu l'immeuble. Conclusion : je me suis retrouvée à la rue. Comme je payais un prix dérisoire pour cette pension, je n'ai rien pu trouver d'autre pour la même somme. Et si j'augmentais mon budget logement, je n'aurais plus eu de quoi manger. Alors tu vois, ma petite, une calamité après l'autre. Prendre sa retraite dans ce pays, c'est être condamné à mourir de faim. Eh oui, j'en étais arrivée à ce point-là : comme une mendiante, sans toit et sans travail. Donc j'ai décidé de revenir au Rawson. Ça faisait moins d'un mois que j'étais partie de là-bas. On avait même fait une fête pour célébrer mon départ… Je suis revenue et j'ai expliqué ma situation… (Amparito a fait une longue pause pour goûter le premier maté, qu'elle a craché dans l'évier.) Je peux t'assurer, ma petite, que de la même façon que deux et deux font quatre, s'il y a des mauvaises gens il y a aussi des bonnes personnes, et pas des moindres. Et moi j'ai eu une grande chance de rencontrer quelqu'un comme ça : le docteur Otamendi.

Un homme épatant. Il m'a proposé de rester au Rawson et de reprendre mon travail et qu'ils trouveraient bien la manière de me payer. Donc, entre ma retraite et ce que j'allais toucher, j'aurais les moyens de m'en sortir. De plus, il a mis ce local à ma disposition. Je ne sais pas au juste pourquoi il avait été construit, mais le personnel s'en servait comme débarras. J'ai dû le vider et le nettoyer. L'hôpital m'a donné un lit, et tout le reste je l'ai acheté petit à petit. J'ai même fait construire le petit cabinet de toilette, m'a-t-elle dit d'un ton très fier, en me montrant une porte blanche. Tu vois, je ne manque de rien. J'ai un toit et de quoi manger. Je ne suis pas très bien payée mais, comme j'ai aussi ma retraite, j'ai de quoi me débrouiller. Cela dit, je travaille comme une mule. Tu ne peux pas t'imaginer le boulot que ça représente de s'occuper des petits vieux, c'est bien plus pénible que les bébés… Mais je ne me plains pas, car moi aussi un jour je serai comme eux, et on n'y peut rien, a-t-elle conclu sur un ton triomphant, comme l'aurait fait une personne de trente ans. Maintenant, on va continuer avec Elenita, a-t-elle décrété soudainement.

Elle m'a tendu le maté et m'a conviée à retourner sous le tilleul.

– J'aime beaucoup prendre le maté là-bas. Tu sais, c'est moi qui ai conçu ce petit jardin. Le tilleul et les autres arbres étaient déjà là mais j'ai planté toutes les fleurs. Et cette année j'ai commencé un petit potager. Tu vas voir les belles tomates que je vais récolter.

Nous nous sommes de nouveau assises sur les chaises longues, avec le thermos et le maté, mais cette fois je pouvais le boire. Amparito avait dû estimer que nous avions enfin atteint un niveau de confiance suffisant pour partager le maté.

– Je t'ai dit tout à l'heure que j'ai pu associer certains faits et que maintenant il y a des choses qui s'éclairent. (Elle revenait à l'histoire d'Elenita.) Je me suis rappelé que quelques jours avant la mort de son père, Elenita avait pris la manie de se trouver dans la cuisine au moment de la préparation des repas. Elle contrôlait tout, elle ne cessait de poser des questions et, quand le repas était prêt, elle emmenait personnellement le plateau à son père et ne laissait personne d'autre le faire, même pas moi.

– Maintenant c'est clair, elle avait peur qu'on empoisonne la nourriture de son père.

– À cette époque-là, elle était très nerveuse, elle dormait mal et peu. Je me souviens d'une fois où je m'étais levée au milieu de la nuit, je ne sais plus pourquoi, je l'ai vue qui descendait les escaliers de la terrasse, en chemise de nuit et pieds nus. Je ne me rappelle plus ce que je lui ai demandé ni ce qu'elle m'a répondu, mais je sais que je l'ai raccompagnée à sa chambre et que je suis restée avec elle jusqu'à ce qu'elle se recouche. Une autre fois, je l'ai trouvée dans la chambre de madame María del Carmen, en train de fouiller dans les tiroirs de sa commode. J'avais été très surprise car ce n'était pas son genre…

– Il y a quelque chose que je ne comprends pas, ai-je osé d'un seul coup. Dans sa lettre, Elena supplie Malu de reparler avec le médecin, ce qui veut dire qu'elle l'avait déjà fait. (J'ai ouvert la lettre pour la relire.) *« Parle de nouveau avec le docteur De Bilbao. »* Donc le docteur était au moins au courant de quelque chose. S'il ne savait pas qu'ils voulaient l'interner, il devait être au fait de l'empoisonnement…

– Du possible empoisonnement, a corrigé Amparito en me prenant la lettre des mains. *« Mes soupçons étaient fondés,* a-t-elle lu à voix haute. *Tout ce que je t'ai raconté dans ma lettre précédente était vrai. »* Le docteur De Bilbao savait qu'Elenita croyait qu'ils étaient en train d'empoisonner son père mais il ignorait qu'elle avait des preuves.

– Alors, il y a deux possibilités, ai-je raisonné : soit il l'a crue, soit il l'a prise pour une folle.

– C'est l'impression qu'elle donnait. Je te l'ai déjà dit, elle était dans un sacré état de nerfs, et en plus, compte tenu de ses manières d'agir, je suis prête à parier que le docteur ne l'a pas crue. Car, après tout, il est médecin, il aurait dû voir des symptômes de l'empoisonnement.

– Sauf si lui aussi était dans le coup.

– Non, je ne crois pas. C'était le médecin de la famille, un brave homme… mais bon… on ne peut jamais être sûr de rien… Pourquoi aurait-il fait ça ? D'après ce que je sais, madame María del Carmen et le frère ont hérité de tout. Qui plus est, je sais que le docteur a eu des problèmes d'argent et a vendu à perte son appartement pour payer des dettes. Et tout ça s'est passé après la mort d'Elenita. Je le sais de source sûre, par une de mes amies qui travaillait chez la sœur du docteur.

– Il devait donc penser que tout était dû à l'imagination d'Elenita…

– À coup sûr. En plus, il y a des poisons qui, s'ils sont bien dosés, sont indétectables.

– Il y a autre chose qui ne colle pas. Pourquoi Elenita avait-elle mis la lettre dans l'ourlet d'une robe pour la faire parvenir à Malu ? Pourquoi n'était-elle pas allée chez elle pour lui parler directement ? Ou chez le docteur ? Ou pourquoi n'avait-elle pas téléphoné ?...

– Je vais commencer par le téléphone, car c'est le plus facile à expliquer : à cette époque, ma petite, le téléphone était une sorte de luxe, et même si la famille d'Elenita était aisée et pouvait se le permettre, Malu n'avait pas les moyens. Pourquoi n'avait-elle pas appelé le docteur ? C'est impossible de le savoir. Peut-être n'avait-elle pas trouvé un seul moment pour parler sans témoin, peut-être qu'elle se sentait épiée. Pourquoi n'était-elle pas allée chez Malu ? Elenita ne sortait jamais à cause de son père. C'était un tyran. Il ne voulait pas qu'elle sorte et encore moins qu'elle fréquente des gens d'une autre classe sociale. Tu peux te faire une petite idée, Malu était couturière, elle n'était donc pas digne d'être une amie de sa fille. Je ne suis pas certaine qu'elles étaient vraiment amies ; Elenita était toujours toute seule, elle ne voyait jamais personne, sauf Malu qui venait assez fréquemment lui faire ses habits, et c'est peut-être pour ça qu'elle a pu la considérer comme une amie.

– Quel âge avait Elenita ?

– Quand elle est décédée, elle avait dix-neuf ans.

– Elle faisait des études ?

– Non, elle avait passé son bac dans un lycée privé réservé aux riches à San Isidro. Elle était pensionnaire chez les bonnes sœurs. La pauvre petite, elle était prisonnière à l'école et chez elle. Car quand elle a eu son diplôme, elle est revenue vivre chez son père, mais c'est comme si elle était sortie d'une prison pour en trouver une autre. Son père était plus qu'autoritaire. Je ne sais pas comment madame María del Carmen, si douce et amoureuse, pouvait le supporter…

– Si ce qui est raconté dans la lettre est vrai, elle a eu une sacrée récompense…

– Tu ne peux pas mieux dire, ma petite ! Don Emilio était très riche.

– C'est pour ça qu'après, ils ont tué Elenita.

– J'ai du mal à le croire…

– Selon la version officielle, elle s'est suicidée. Elle s'est jetée dans le vide depuis le haut de la tour. C'est bien ça ?

– Oui, c'est bien ça. Je n'oublierai jamais ce jour-là. C'était peu de temps après la mort de son père. Elenita était vraiment très mal… Sa belle-mère voulait la faire interner, mais le docteur De Bilbao préférait attendre un peu, il fallait lui laisser le temps de se faire à l'idée que son père était mort… Car elle ne l'acceptait pas… Elle parlait dans le vide, elle l'appelait comme s'il était encore là, en face d'elle. Elle ne mangeait pratiquement plus rien… encore moins que d'habitude et ce n'est rien de le dire… Elle était très très maigre.

– Elle n'avait jamais accusé sa belle-mère et le frère d'avoir empoisonné son père ?

– Pour ce que j'en sais, non.

– C'est assez incompréhensible. Elle a dû parler à quelqu'un. Au moins au docteur, elle avait confiance en lui.

– Je ne peux pas te dire. Elle dormait pratiquement toute la journée, et quand elle ouvrait les yeux, elle parlait toute seule. On la croyait devenue folle. Au début, on la surveillait jour et nuit, ensuite seulement pendant la journée car elle dormait bien – il ne faut pas oublier qu'elle prenait des somnifères. On était bien loin d'imaginer qu'elle allait sauter du haut de la tour… Ou que quelqu'un voulait la tuer. C'était complètement impensable…

Amparito a fait une pause, en regardant le tilleul.

– On l'avait laissée seule… persuadés qu'elle dormait, mais cette nuit-là elle est montée jusqu'au sommet de la tour et s'est jetée dans le vide. On a entendu un cri, un hurlement terrible qui a réveillé tout le monde. Tu as déjà entendu ça ? Il paraît que toutes les personnes qui tombent dans le vide, volontairement ou non, crient très fort. Ça doit être vrai. Elenita avait hurlé. Au même moment, j'ai fait un bond dans mon lit et je suis sortie de ma chambre sans savoir où aller. Apparemment les autres ont fait la même chose, quand je suis arrivée dans la cour, ils étaient tous là. Madame María del Carmen et le frère s'égosillaient en disant qu'Elenita n'était plus dans son lit. Herminia, la cuisinière, récitait son chapelet, Américo, son mari qui était aussi domestique et chauffeur, ne cessait de répéter en se tenant la tête : « Mon Dieu ! mon Dieu ! » Moi, je ne savais pas quoi faire, mais juste à ce moment-là on a sonné à la porte, et je suis partie en courant voir qui c'était. J'avais un pressentiment, j'étais certaine qu'on allait recevoir une mauvaise nouvelle. Et c'est ce qui s'est passé. C'étaient les voisins d'en face qui, après avoir entendu crier, s'étaient penchés à la fenêtre... Jusqu'à cet instant mes souvenirs sont intacts, comme si j'étais en train de le vivre. Ensuite les images se mélangent un peu. Je vois Elenita avec sa chemise de nuit blanche, étendue sur le trottoir, sur le ventre dans une mare de sang. Je revois aussi madame María del Carmen et son frère, Herminia qui remuait sans cesse les lèvres, manquant de casser son chapelet tellement elle le serrait. J'entends des gens crier. Je me rappelle les voisins qui se rapprochaient des lieux. C'est confus, à partir de là tout est allé trop vite. Ce que je peux te dire, c'est qu'on était comme des fous, sans savoir quoi faire ou quoi dire. Quand don Emilio est mort, ce n'était pas pareil parce qu'il était malade et avait déjà un âge avancé. Ce n'était vraiment pas comparable. Lorsqu'une personne jeune décède, on pense que ce n'est pas juste, que c'est cruel. On le ressent comme un abus du destin. Tu comprends ? La vie n'est ni juste ni injuste. C'est la vie, c'est tout, a-t-elle conclu en serrant le maté entre ses deux mains.

– Et alors, que s'est-il passé avec la robe ?

– Que s'est-il passé avec la robe ? a-t-elle répété lentement. Eh bien, vois-tu, ça je me le rappelle aussi très bien, a-t-elle dit en me regardant droit dans les yeux. Quelques jours après l'enterrement d'Elenita, mon amie Juana, de la boutique de primeurs en face de chez Malu, est venue me voir. Elle me rapportait la robe. Elle m'a raconté qu'elle était allée plusieurs fois frapper à la porte de Malu, mais il n'y avait jamais personne. Le paquet était intact, exactement comme je le lui avais laissé. Le simple fait de revoir le papier kraft m'a fait prendre conscience avec effroi de l'atrocité de la situation : sous mes yeux, il y avait un colis qui contenait une magnifique robe et sa propriétaire était au cimetière... morte et enterrée. Tu te rends compte ? Les choses survivent toujours aux personnes. Malheureusement, je ne pouvais rien y faire. Alors j'ai saisi la robe entre mes bras, je l'ai portée jusqu'à la chambre d'Elenita et l'ai rangée dans son armoire. Ensuite je ne sais pas ce qu'elle est devenue. La personne qui t'a écrit d'Espagne se souvient d'une femme très élégante qui était dans une vente aux enchères. Ce doit être madame María del Carmen. À cette époque-là, même si je ne travaillais plus chez eux, j'avais su que madame María del Carmen et son frère étaient partis après avoir tout vendu.

– Et que s'est-il passé avec Malu ?

– Il ne s'est rien passé parce que je ne l'ai plus jamais revue.

– Plus jamais ? Même pas à l'enterrement ?

– Aux funérailles, je ne m'en souviens pas. J'étais tellement sonnée et il y avait tant de monde...

Amparo s'est tue, et je me suis mise à réfléchir. D'un seul coup j'ai eu un éclair.

– Mais c'est évident, tu ne comprends pas ? lui ai-je demandé. (Elle me regardait avec ses beaux yeux couleur miel.) Ils ont aussi tué Malu. Ils l'ont fait disparaître parce qu'elle en savait trop. Malu n'a pas pu lire cette dernière lettre, mais sans aucun doute toutes les autres, celles où Elenita lui faisait part de ses soupçons sur la tentative d'empoisonnement de son père.

– Malu était seule, dit Amparito, en ayant l'air de réfléchir. Elle n'avait personne. Elle louait une chambre chez une petite vieille... Au moment des faits, sa logeuse venait de mourir et les démarches pour la succession étaient encore en cours, donc il n'y avait personne d'autre dans la maison.

– Elle n'avait pas de famille ?

– Elle venait de province... Je ne sais plus, San Juan ou Mendoza... Mais là-bas non plus elle n'avait personne. Malu était une simple couturière, une ouvrière, tu vois ce que je veux dire, tandis qu'Elenita était très riche, une fille unique de la haute société. C'est pour ça que j'ai du mal à croire qu'elles aient pu être vraiment amies, surtout à cause des principes du père d'Elenita dont je t'ai déjà parlé. Pour lui, le respect des classes sociales était primordial.

Le regard d'Amparito s'est perdu de nouveau dans la cime du tilleul et moi, je me suis d'un seul coup rendu compte de l'heure. Dehors, le ciel au-dessus des arbres avait rougi – il était temps que je rentre. Amparo devait avoir eu la même impression car elle se retourna vers moi.

– Et maintenant qu'est-ce que l'on fait de tout ça ? m'a-t-elle demandé, les petits points de ses yeux scintillant intensément.

– Je n'en ai pas la moindre idée, ai-je répondu très sincèrement.

Je venais de m'apercevoir que nous ne pouvions plus continuer nos recherches. Sur quoi enquêter ? Qui interroger ? Mais surtout pourquoi ? Qui pouvait s'intéresser à la vie d'Elenita après tant de temps ?

– Écoute-moi bien, ma petite, me dit Amparito qui avait deviné mes pensées, tout ça est vraiment horrible, mais on ne peut rien y faire. C'est tellement loin…

C'est de l'histoire ancienne, ne cessais-je de me répéter sur le chemin du retour, c'est de l'histoire ancienne. J'avais laissé mon numéro de téléphone à Amparito, au cas où… Je ne savais pas quoi au juste, mais peu importait… Je suis rentrée directement à la maison, bien décidée à mettre un terme à toute cette histoire. Je savais que ça n'allait pas être facile, mais je ne pouvais pas faire autrement.

7

Je suis entourée de personnes sensées : une mère sensée, un père sensé, deux frères sensés. Et le pire : une amie sensée. Florencia, ma meilleure amie. J'ai eu la mauvaise idée de lui confier l'histoire de la lettre. Elle m'a traitée de folle quand je lui ai raconté les débuts de mon enquête et s'est réjouie lorsque je lui ai dit que tout était terminé, même mes visites à Amparito au Rawson.

J'ai tourné en rond toute la semaine sans savoir quoi faire. Je me disputais sans arrêt avec Juanjo et Javier, je n'étais pas à l'aise avec Florencia, jusqu'à l'appel d'Amparito.

– Viens me voir sans faute cet après-midi au Rawson, m'a-t-elle dit, j'ai découvert quelque chose.

Ça a été comme une étincelle. Amparito m'avait appelée, donc l'enquête reprenait son cours ou peut-être commençait-elle vraiment… On ne sait jamais.

Comme convenu, je suis allée au Rawson en oubliant Florencia et mes embrouilles avec mes frères.

Amparito m'attendait, assise sous le tilleul, prenant le maté. J'avais apporté des petits pains au lait, et lorsque j'ai ouvert le paquet, deux petits vieux, qui étaient assis sur un banc, ont commencé à s'approcher timidement.

– On ferait mieux de leur en offrir, me dit Amparito, sinon ils vont rester là plantés comme des piquets à nous regarder jusqu'à ce qu'on ait fini de goûter.

On leur a donné deux petits pains et ils sont repartis presque en sautillant. Ils étaient si contents qu'on aurait dit des gamins. Je ne me sentais pas très à l'aise.

– Je veux te présenter mon amie Rosa, me dit Amparito. Celle qui, dans le temps, travaillait chez la sœur du docteur De Bilbao. Maintenant elle vit chez sa fille tout près d'ici. Nous nous voyons assez souvent au Club et hier nous avons évoqué le bon vieux temps.

Amparito parlait sans relâche, elle s'arrêtait juste le temps d'avaler une gorgée de son maté. Je l'écoutais, mais sans perdre de vue les deux pensionnaires qui somnolaient sur le banc, comme si l'effort de mastication et de digestion des petits pains les avait tellement épuisés qu'ils devaient s'offrir une sieste pour reprendre des forces. Aux dires d'Amparito, elle avait vu Rosa au Club des retraités du quartier, c'était leur lieu de rencontre. Comme Rosa était pratiquement invalide, sa fille l'emmenait jusqu'au Club dans une chaise roulante et la laissait là tout l'après-midi.

– On n'a pas pu parler très longtemps, sa fille est venue la rechercher plus tôt que prévu, car elle devait aller à la fête d'anniversaire d'un de ses petits-fils. On a donc remis à plus tard cette conversation et j'aimerais bien que tu sois là.

Bien évidemment, j'ai dit oui. Pourquoi refuser ? Rosa avait déjà fourni des renseignements utiles pour faire progresser nos recherches. Et peut-être qu'avant qu'on se retrouve elle se souviendrait d'autres éléments. Elle avait déjà dit à Amparito que le docteur De Bilbao avait été propriétaire d'une célèbre maison de retraite à San Isidro ou Vicente López. Ou du moins il en possédait une il y a dix ans, à en croire ce qu'avait dit la sœur du docteur un jour où elles s'étaient rencontrées à l'église de Santa Catalina. (À cette époque-là, il n'avait pas de problèmes d'argent.) Elles avaient calculé que si le docteur était encore en vie (ni l'une ni l'autre ne le savaient), il avait entre soixante-quinze et quatre-vingts ans, donc il était déjà en retraite. Amparito a spécifié que même s'il ne pouvait plus exercer comme médecin à cause de son âge, en tant que propriétaire il pouvait toujours avoir la fonction de directeur ou quelque chose dans le genre. Et quand bien même il ne faisait plus rien, on allait pouvoir le localiser grâce à ce renseignement. Évidemment, il fallait que la maison de retraite existe encore. On était convenues de se voir au Club des retraités. Amparito m'avait invitée le 25 décembre pour déjeuner. Les retraités offraient un repas populaire qu'elle organisait. J'aurais bien aimé y aller, mais ça aurait fait un vrai scandale chez moi. Le jour de Noël, on avait un déjeuner de famille avec les « Louises » – c'est comme ça que papa appelait ma tante Luisa, mon oncle Luis et leur adorable fille Ayelen. Si j'avais osé dire à maman que je n'assisterais pas à cette réunion familiale, ç'aurait été comme lui donner un coup de poignard en plein cœur, dans l'estomac ou dans le ventre – peu importe où… Donc je n'ai même pas essayé. J'avais prévenu Amparito que je viendrais après manger et que j'apporterais une brioche.

À peine partie du Rawson, je me suis mise à échafauder un stratagème pour convaincre les miens.

Il n'était pas question de faire allusion à la robe ou à la lettre, mais je comptais bien parler d'Amparito et de ses œuvres de solidarité pour les personnes âgées. C'est le genre d'argument qui pourrait les circonvenir, car quitter la maison sans excuse valable, c'était comme commettre un crime de lèse-majesté. Principalement pour maman, qui met un point d'honneur à ce que j'aie une attitude exemplaire devant sa sœur et ma cousine. Mais sortir pour une bonne cause, ça changeait tout. Mes parents ont toujours milité pour les causes justes. Depuis notre plus jeune âge, mes frères et moi étions familiers des manifestations pour les droits de l'homme, pour les ouvriers, pour l'enseignement, pour les retraités… Avec une excuse de ce genre-là, il n'y aurait pas de problème. Il fallait juste que je m'invente un lien avec Amparito, car il était hors de question de mentionner la robe ou la lettre.

8

– Il faut que ça soit le 25 ?

– Si c'est une soupe populaire pour Noël, c'est logique que ce soit le 25. Le soir, impossible, même le 24 décembre les petits vieux se couchent de bonne heure.

– D'accord ! Mais tu pourrais emmener ta cousine avec toi, non ?

– Ayelen à une soupe populaire ! Tu plaisantes, maman !

– Tu pourrais toujours essayer. Tu l'invites sans rien dire de plus.

– C'est hors de question.

– L'école d'Ayelen participe ou organise beaucoup d'œuvres de charité. Ils visitent des hôpitaux, distribuent des vêtements...

– Tu l'as dit toi-même, maman : des œuvres de charité. Ce n'est pourtant pas si dur à comprendre.

Ça n'a rien à voir ! Il ne faut quand même pas que je t'explique.

– D'accord, s'est-elle résignée en soupirant.

Moi aussi j'ai soupiré, mais de soulagement. Ayelen était une affaire classée, du moins pour le moment.

– Et où as-tu connu cette personne… ?

Elle me posait enfin la question que j'attendais depuis le début de notre conversation sur ce repas.

– Elle s'appelle Amparito. Je l'ai rencontrée chez Florencia, c'est une amie de sa tante.

Maman est une personne sensée, une réponse concise avait suffi pour satisfaire sa curiosité.

Le 25 décembre est enfin arrivé. J'ai toujours préféré, et pour cause, le réveillon au jour de Noël. Le soir du 24 décembre, nous dînons chez mon oncle Jorge, le frère de mon père. Toute la famille paternelle se réunit. Mon père a deux frères et deux sœurs et ils ont chacun au moins trois enfants… une vraie tribu.

On va chez lui parce que sa maison est la plus grande, avec une véranda, un patio et un jardin. J'ai passé toutes mes veillées de Noël chez mon oncle Jorge avec mes cousins et je me suis toujours bien amusée ; mes frères aussi d'ailleurs. Mais le 25, aïe aïe aïe… c'est le tour d'Ayelen… Une année chez l'une, une année chez l'autre. Cette année, c'était chez moi.

Ma mère n'a qu'une sœur, ma tante Luisa. Elles sont assez proches l'une de l'autre, plus pour les liens du sang que pour leurs affinités. Ça, je peux le comprendre ; en revanche, je ne supporte pas que maman essaie de m'imposer Ayelen et de me faire croire que c'est une vraie perle. Et avec mon oncle Luis, c'est à peu près la même histoire : papa ne peut pas le supporter. Il le tolère tout juste le jour de Noël pour faire plaisir à ma mère, mais le reste de l'année ils s'ignorent mutuellement. Maman ne peut pas le voir non plus, elle joue le jeu parce que c'est le mari de sa sœur. Mon oncle Luis est un brillant entrepreneur, égoïste, qui ne vit que pour l'argent, qui n'en a jamais assez et pense que tout le monde doit être à ses pieds. Ma tante tient à la perfection le rôle de l'épouse modèle, elle adore se faire remarquer et dépense énormément d'argent. Et ma cousine, bien entendu, représente exactement ce que ses parents attendent d'elle.

Enfin bref, le 24 au soir nous nous sommes couchés très tard, donc quand les « Louises » et leur héritière sont arrivés, mes frères et moi dormions encore profondément. Maman avait pourtant tout essayé pour nous sortir du lit afin d'être prêts à temps pour présenter nos hommages à la famille royale, selon les règles de l'art. Sauf nous jeter un seau d'eau, elle avait employé tous les moyens possibles : monter le son de la radio au maximum, ouvrir les fenêtres de nos chambres, nous crier dessus… Mais ça n'avait servi à rien. Quand j'ai entendu la sonnette, j'ai fait un bond et j'ai foncé dans la salle de bains pour me doucher la première.

On s'est ennuyés ferme pendant tout le repas. Mon oncle Luis n'a pas cessé de parler de ses succès professionnels, ma tante Luisa et Ayelen de leurs préparatifs de vacances dans leur résidence secondaire sur la côte à Punta del Este ; rien de nouveau. Au moment précis où ma très chère cousine a demandé où nous allions passer nos vacances (alors qu'elle savait pertinemment que, comme chaque année, soit nous allions quinze jours chez ma grand-mère à San Clemente del Tuyu, soit nous n'allions nulle part), je me suis levée comme si j'avais une aiguille dans le derrière et j'ai annoncé :

– Je suis désolée mais je dois m'en aller. J'ai un engagement avec des retraités. Ils m'ont invitée à un repas de bienfaisance.

Je suis partie la tête haute, laissant Ayelen avec sa sempiternelle question en travers de la gorge. Maman lui répondrait.

En arrivant au Club des retraités, qui se trouve à peu près à cinq cents mètres du Rawson, j'ai eu une surprise : il y avait un bal. Le Club se trouvait dans une vieille maison avec une très grande cour qui faisait ce jour-là office de piste de danse. Dans une pièce qui donnait sur l'extérieur, il y avait un sapin de Noël avec une crèche juste à côté de la fenêtre et au milieu, une table avec une nappe couverte d'assiettes pleines de galettes, de puddings et de brioches. À mon grand étonnement, le bal était très animé. Les petits vieux dansaient des cumbias, mais Amparito s'agitait plus que tout le monde. Il n'y avait aucun jeune. À part deux ou trois femmes qui pouvaient avoir l'âge de ma mère, c'étaient des personnes âgées. Dès qu'elle m'a aperçue, Amparito s'est approchée de moi et m'a emmenée vers le fond de la maison, après avoir déposé au passage ma brioche sur la table.

– Je vais te présenter Rosa, m'a-t-elle annoncé. Comme elle ne supporte pas le boucan, elle s'est réfugiée là-bas, et ça ne m'étonnerait pas qu'elle soit en train de faire du jardinage.

À l'autre extrémité de la maison, il y avait une autre cour, un peu plus petite que celle où le bal avait lieu, remplie de corbeilles, de pots de fleurs et de plantes grimpantes. Il y avait toutes sortes de végétaux : des fougères, des géraniums, des œillets, des roses, des marguerites…

– Ici, c'est le refuge de Rosa, a expliqué Amparito. La pauvre, elle vit dans un appartement sans patio et sans balcon, a-t-elle ajouté en lui faisant un clin d'œil et en souriant, elle s'est donc approprié celui-ci et elle prend soin des plantes.

D'abord, Rosa me regardait timidement, comme si elle voulait expier une faute commise avec la griffe et le sécateur posés sur sa jupe. Ensuite, rassérénée, elle m'a souri et s'est rapprochée de moi en faisant rouler son fauteuil.

– Alors, c'est toi Inés ? m'a-t-elle demandé. Je suis ravie de faire ta connaissance. Moi, c'est Rosa.

Rosa m'a fait une bonne impression. C'est le jour et la nuit avec Amparito, elle est calme et posée, elle réfléchit avant de parler. La seule chose qu'elles ont en commun, c'est qu'elles ne tiennent pas en place, même si Rosa est clouée dans un fauteuil roulant. Elle prend soin du jardin. Sa fille, chez qui elle vit et qui l'emmène tous les jours au Club, arrose les jardinières suspendues et Rosa fait tout le reste.

– Il te plaît, mon jardin ? m'a-t-elle demandé. Il y en a pour tous les goûts ici…

Elle balançait son bras d'un côté et de l'autre pour me montrer les fleurs et les poteries. J'ai été attirée par une glycine qui formait une tonnelle au-dessus d'un grand bassin ; sa couleur et son parfum si intenses m'ont rappelé ceux des arbres de paradis. Il y avait un mur qui était complètement recouvert par des rosiers grimpants et un autre par des dipladenias et un ficus. Au milieu de la cour trônait un immense palmier avec une bougainvillée remarquable enroulée autour de son tronc.

– C'est splendide, je n'ai jamais rien vu de semblable, ai-je dit sincèrement. Comment faites-vous pour vous en occuper toute seule ?

– Je viens tous les jours, matin et après-midi, pour arroser. Amparito m'aide quelquefois mais elle est très occupée ; moi, en revanche, je n'ai rien d'autre à faire que de bichonner mes plantes, j'ai même du temps en trop.

Pendant qu'elle me parlait, je l'examinais. Ce n'est pas de la curiosité malsaine, j'aime être attentive aux moindres détails. C'est comme ça que j'avais décelé les petits points dorés dans les yeux d'Amparito et ses cheveux teints en roux (un peu trop criards pour son âge, mais la couleur lui allait bien). Quant à Rosa, j'ai remarqué son regard attentif, pénétrant, capable de transpercer la personne qui le croise. Pendant que nous faisions le tour de la cour, Rosa énumérait un à un le nom des plantes. Amparito poussait le fauteuil roulant de Rosa et moi je marchais à ses côtés, attentive à ses explications : géraniums, pensées, dahlias, asters, fougères, églantines, pélargoniums, jasmins, bégonias, mufliers, marguerites, anémones, freesias, fuchsias…

On entendait une chanson de Mercedes Sosa provenant de l'autre patio.

– On a deux couples de retraités qui dansent du folklore argentin ! s'est exclamée Amparito la « jeunette ». J'en prends note tout de suite, l'année prochaine on va les recruter pour donner des cours, a-t-elle ajouté pendant qu'elle installait Rosa sous le palmier.

Amparito et moi nous sommes assises sur un grand banc en bois. Nous nous regardions les unes les autres, et Rosa avait l'air d'attendre qu'on parle en premier. Sans perdre plus de temps, Amparito a engagé la conversation :

– Eh bien, ma petite, a-t-elle commencé en redressant ses épaules et en posant les mains sur ses genoux. Je t'ai déjà raconté pas mal de choses, entre autres que Rosa a travaillé pendant de longues années chez la sœur du docteur De Bilbao ainsi que l'histoire de l'hospice de San Isidro.

– Oui, celui que le docteur possédait il y a une dizaine d'années, ai-je confirmé, et dont on ne sait pas s'il lui appartient encore.

– C'est à toi de continuer, a-t-elle dit sur un ton mystérieux en tendant sa main ouverte vers Rosa pour lui donner la parole.

– Maintenant je sais que c'est le cas ! s'est exclamée Rosa, acceptant ainsi l'invitation de son amie avec un grand sourire de satisfaction et un regard malicieux à mon égard. Après la conversation avec Amparito, j'ai pensé que ça serait intéressant d'aller faire un petit tour à Santa Catalina. Je ne suis pas une fervente assidue de la messe, mais j'aime bien y aller de temps en temps pour retrouver de vieilles connaissances et des voisines… Je ne suis pas une commère, mais il faut bien se tenir au courant de ce que deviennent les uns et les autres. Donc, en sortant de l'église, on se réunit et on fait un brin de causette. Bref, dimanche, j'ai demandé à ma fille de m'emmener et on y est allées. Et comme prévu, j'ai rencontré Aída, Blanquita, Isabel, María…

– La liste de tes amitiés ne nous intéresse pas, dis-nous plutôt ce qu'Isabel t'a raconté, a exigé Amparito en lui coupant la parole.

– C'est ce que j'allais faire quand tu m'as interrompue, a rétorqué Rosa en levant la main qui tenait le sécateur, sans cesser de l'agiter d'avant en arrière au rythme de ses mots. En résumé, Isabel était voisine de madame Amanda, sœur du docteur De Bilbao, et la pauvre femme était placée dans une maison de retraite depuis quatre ou cinq ans.

– Dans celle de son frère ! s'est exclamée Amparito, tout excitée, en interrompant Rosa de nouveau.

– Dans celle de son frère, a répété Rosa sur un ton serein en me fixant du regard. Aux dires d'Isabel, madame Amanda a été internée parce qu'elle était devenue dépendante, la pauvre. Elle avait besoin d'aide en permanence et elle ne pouvait pas être mieux assistée que dans le centre de son frère. Isabel ne sait pas si elle est encore en vie, mais elle croit que oui, car si elle était morte, elle aurait eu des échos. Tu sais bien, les nouvelles vont vite. De plus, Isabel lit les faire-part de décès publiés dans les journaux et elle n'a jamais vu ni son nom ni celui de son frère. Donc ils doivent être vivants tous les deux.

– Et la maison de retraite existe toujours à San Isidro, ai-je conclu, en me souvenant de ce que m'avait dit Amparito.

– À Beccar plus précisément, Isabel me l'a

confirmé, a ajouté Rosa en me pointant avec son sécateur. C'est tout près de San Isidro, en train c'est juste la gare d'après.

– Eh bien, ai-je continué en soupirant, si on veut s'assurer que le docteur est encore là, on doit juste appeler et le demander. Maintenant, ce qui m'intéresse vraiment, c'est…

– Malu, a dit Amparito en me coupant la parole.

– Oui, c'est bien ça… c'est Malu. Vous savez quelque chose d'elle, Rosa ? l'ai-je interrogée brusquement, en remarquant qu'elle me regardait d'une manière attentive.

– Avant tout, je veux que tu me tutoies, s'il te plaît, m'a-t-elle demandé, je ne vois pas pourquoi tu la tutoies et moi non, a-t-elle continué en désignant Amparito avec le sécateur. Je suis plus jeune qu'elle, j'ai un an de moins. Je ne sais rien au sujet de Malu. Depuis qu'Amparito m'a raconté l'histoire de la lettre et de la robe de la pauvre petite Elenita, j'ai beaucoup réfléchi à ce sujet. J'ai connu Malu parce qu'elle était la couturière de madame Amanda et qu'on vivait dans le même quartier. Madame Amanda avait un appartement rue de Garay, presque à l'angle de la rue de Chacabuco, et Malu vivait rue de Chacabuco, presque au coin de la rue Caseros. Je m'en souviens très bien parce que la propriétaire de la chambre que Malu louait avait été une grande amie de la mère de madame Amanda.

Rosa s'est tue. Elle regardait les fleurs de la bougainvilliée qui grimpait tout autour du palmier.

– Je me souviens bien d'elle, elle venait faire les essayages pour madame Amanda... Elle ne passait pas inaperçue. Non seulement pour sa beauté, mais elle était toujours tellement attentionnée... Raffinée... Toujours impeccable... Elle parlait peu, mais elle était sympathique, agréable et surtout discrète.

– Ce qui me turlupine, c'est que personne ne l'a jamais revue après la mort d'Elenita et de son père.

– Ce n'est pas vraiment ce que j'ai dit, a précisé Amparito. J'ai expliqué que je ne me souvenais pas de l'avoir revue après leur mort, même pas aux funérailles de l'un ou de l'autre... Je ne me rappelle rien...

– Et vous... euh... et toi... ? me suis-je reprise à temps en regardant Rosa.

– Non, moi non plus, ma chérie... C'est tellement loin tout ça...

– Mais elle faisait toujours de la couture pour madame Amanda ?

– La seule chose que je sais, c'est qu'elle avait cessé de venir à la maison, mais je n'ai jamais su pourquoi. De plus, je ne me rappelle pas si c'était avant ou après la mort d'Elenita.

En fin de compte, personne ne savait rien de Malu. Ni Amparito ni Rosa ne pouvaient apporter des renseignements sur elle, sauf que c'était une belle jeune femme attentionnée. Pendant ce temps-là, moi j'étais de plus en plus convaincue qu'ils l'avaient tuée parce qu'elle savait trop de choses. Si elle était au courant de l'empoisonnement du père d'Elenita, c'est logique qu'elle n'ait pas cru à l'histoire du suicide. Elle a dû essayer de parler avec la police et ils ne l'ont pas laissée faire. La veuve et le frère ont agi seuls ou avec la complicité du médecin. Ils ont pu facilement la tuer et faire disparaître le corps sans que jamais personne ne le sache. Amparito, Rosa et moi, on était toutes d'accord sur l'hypothèse de l'assassinat de Malu. Trois crimes, trois complices et un seul mobile : la fortune du père d'Elenita.

Cet après-midi-là, dans la cour du fond au Club des retraités (autrement dit le jardin de Rosa), nous avons élaboré un plan d'action : suivre la piste de Malu, confirmer si le docteur De Bilbao était encore vivant et s'il était toujours propriétaire de la maison de retraite, et, pour finir, découvrir ce qu'étaient devenus la veuve et son frère.

– Bref, a soupiré Amparito, on est au milieu du gué et on ne sait pas nager.

– En fait, je dirais qu'on n'a même pas quitté la berge, a rétorqué Rosa en brandissant le sécateur.

– Et maintenant, qu'est-ce qu'on fait ? ai-je lancé, histoire de dire quelque chose.

– Eh bien, ce que l'on vient de dire, ma petite : chercher Malu, le docteur De Bilbao, la veuve et son frère, m'a répondu Rosa pour me rafraîchir la mémoire.

– Oui, ça je le sais. Ce que je voulais dire, c'est comment va-t-on s'y prendre ?

Amparito a pris la parole.

– Le plus difficile, c'est Malu. On ne connaît même pas son nom de famille et, dans le quartier, je ne crois pas que qui que ce soit se souvienne d'elle. Et quand bien même on trouverait quelqu'un, qu'est-ce qu'on pourrait nous dire ? Rosa et moi, nous nous souvenons d'elle et pourtant nous sommes incapables de donner une information sur Malu qui date de moins de quarante ans.

– Je suis du même avis, a continué Rosa. Je n'ai pas la moindre idée qui pourrait nous mettre sur la piste. Le docteur, on sait où il est, s'il est encore en vie, bien sûr…

– On devrait laisser passer les fêtes et on pourrait se mettre au travail début janvier, a suggéré Amparito. Vous êtes d'accord ?

– Pas d'objection.

Nous avons rejoint les petits vieux dans la grande cour, c'était l'heure du goûter. Il était temps de prendre le maté avec les gâteaux.

9

Commencer nos recherches début janvier, après les fêtes, comme nous l'avions prévu, n'a pas été possible. Ma grand-mère maternelle, propriétaire de la maison de San Clemente, où nous passons nos vacances, a changé au dernier moment les dates de notre séjour : la première quinzaine de janvier au lieu de la deuxième. De plus, à la surprise générale, elle avait décidé de réunir ses deux filles et leurs familles respectives pour passer tous ensemble la Saint-Sylvestre et le jour de l'An. Les « Louises » et Ayelen étaient déjà partis à la mer, revenir à San Clemente del Tuyu passer le Nouvel An n'était pas dans leurs projets. Pas plus que dans les miens, vu que ma grand-mère nous avait invités pour la deuxième quinzaine. Maintenant, si on n'acceptait pas le changement, on se retrouvait sans vacances, car la grand-mère recevait la visite de cousines de Santa Fé du 15 au 30 janvier. Donc nous avons tous accepté. Avant notre départ, j'ai téléphoné à Amparito au Rawson pour la prévenir.

– D'accord, ma petite, m'a-t-elle répondu. Comme tu t'en vas, tu t'occuperas à ton retour du plus difficile, de la recherche de Malu.

J'ai protesté, mais Amparito était convaincue que c'était normal car je partais en vacances, alors que Rosa et elle non. Pourquoi me donnait-elle un ordre ? J'ai finalement accepté, c'était une question de dignité. C'était ce que je devais faire, un point c'est tout.

– À San Clemente, tu vas avoir le temps de réfléchir, m'a-t-elle dit. On se voit à ton retour et on en parle.

C'est ce qu'on a fait. Nous sommes partis à San Clemente, et là j'ai beaucoup pensé, sur la plage, chez ma grand-mère, au lit... J'ai essayé de me remémorer les intrigues de tous les films policiers que j'avais pu voir, mais aussi les romans et histoires que j'avais lus, sans oublier les séries télé et les chroniques judiciaires des journaux. Je cherchais un indice, quoi que ce soit qui puisse me donner une piste à suivre pour retrouver la trace de Malu. Un soir, je l'ai enfin découverte. Il pleuvait à verse, on était tous restés à la maison à regarder la télévision. Au programme, il y avait justement un film à suspense. C'est incroyable, l'histoire commençait par évoquer une vieille lettre, mais pas aussi vieille que la mienne. Celle-là datait seulement d'une vingtaine d'années et avait été écrite par une femme qui pensait qu'on voulait la tuer. Effectivement, elle avait été assassinée, mais tout indiquait qu'elle était morte à la suite d'un accident.

À part son nom et une lettre, les protagonistes ne savent rien d'elle. Alors que font-ils pour en savoir plus ? Ils se rendent tout simplement aux archives et consultent les journaux de l'époque. Ils dénichent un article sur le décès accidentel de cette femme, mènent une enquête et découvrent qu'elle a bel et bien été éliminée, comme l'annonçait la lettre. Grâce au film, j'avais enfin trouvé comment procéder. Je devais rechercher dans les journaux de 1958 un fait divers sur la mort d'une jeune femme. Bien sûr, Malu pouvait être encore en vie, mais ça m'étonnerait beaucoup. Personne ne l'avait jamais revue après le décès d'Elenita, ni même après celui de son père. Moi, je n'avais aucun doute que le docteur De Bilbao, la veuve et son frère avaient liquidé Elenita et son père pour s'emparer de l'héritage ; puis ils avaient fait de même avec Malu pour qu'elle ne les dénonce pas. C'est relativement facile de se débarrasser d'une jeune femme seule que personne ne rechercherait en cas de disparition. Mon plan d'action prenait tournure ; tout du moins, je savais ce que j'allais faire à mon retour de vacances et, dès ce soir-là, j'ai cessé de me préoccuper de la question.

La première semaine à San Clemente avait été assez agitée. Nous étions arrivés le 30 décembre au soir, nous avions eu le temps de nous installer tranquillement et de commencer les préparatifs pour le menu du réveillon, le grand classique de papa : viande grillée au feu de bois dans la cheminée. Dès qu'il a une possibilité, il saisit l'occasion de concocter ce festin. Nous vivons dans un appartement sans cheminée, et les vacances sont le seul moment possible pour satisfaire son caprice. Donc, pour le repas du réveillon, c'était tout vu. Les « Louises » et leur princesse qui avaient loué un avion privé ont débarqué vers 19 h 30. À peine arrivé chez ma grand-mère, sans prendre le temps de dire bonjour, mon oncle Luis a averti :

– Notre avion vient nous chercher demain à 18 heures pour nous reconduire à Punta del Este.

Ensuite, ayant à peine fait une bise à ma grand-mère, il a annoncé :

– J'ai pensé qu'on pourrait changer des sempiternelles grillades au feu de bois. Si on allait au restaurant, c'est moi qui invite.

C'est juste un petit aperçu des vingt-quatre heures de convivialité suivantes... Ce soir-là, papa a gagné la bataille, on a fêté le réveillon à la maison avec viande grillée au menu. Mon oncle Luis et Ayelen ont essayé en vain de protester et ils ont fini par fermer leurs clapets, mais ils étaient tellement vexés qu'ils n'ont pas rouvert la bouche jusqu'au lendemain matin. Ma tante Luisa n'a pas émis d'objection, mais elle n'a pas cessé de parler de ses amis de Punta del Este et de toutes ses activités mondaines programmées pendant son séjour, sans oublier les défilés de mode. Heureusement pour le bien général, à 18 heures pile, la famille royale s'est envolée vers son palais d'été.

Il a plu pratiquement tous les jours mais je ne me plains pas, j'ai quand même bien profité de mon séjour. Je me suis promenée sur la plage, j'ai lu, regardé la télé, et j'ai même retrouvé des connaissances d'autres années. Je me suis bien amusée. Ça fait toujours du bien de changer d'air, même si ce n'est que pour quelques jours. On revient toujours avec plein de bonnes résolutions. Du moins, avec moi, c'est comme ça que ça se passe.

10

Recherche dans les journaux des informations sur une personne disparue et certainement morte il y a plus de quarante ans, c'est déjà assez compliqué, mais sans connaître ni son nom ni son prénom, c'est une autre histoire. Malu est bien évidemment un surnom, personne ne s'appelle comme ça. L'unique renseignement à peu près fiable que j'avais, c'était son âge. Amparito m'avait formellement assuré qu'elle était à peine plus âgée qu'Elenita, deux ou trois ans maximum, et Elenita était morte à dix-neuf ans. En définitive, les seuls indices sur lesquels je pouvais compter étaient un surnom et un âge approximatif, voilà tout.

Lorsque j'ai demandé à l'employée des archives du Congrès les journaux des mois de novembre et décembre de 1958, elle m'a regardée d'un air ébahi. J'ai cru qu'elle allait vouloir savoir pourquoi et j'étais prête à improviser une réponse, mais elle m'a devancée en me demandant quels étaient les titres dont j'avais besoin. Je lui ai dit que je les voulais tous. Elle m'a priée de bien vouloir patienter avant de disparaître dans un couloir. Qu'allais-je trouver dans tous ces journaux si je ne savais même pas qui je cherchais ? J'allais tomber sur un article qui annoncerait le décès d'une jeune femme d'une vingtaine d'années dans un accident de voiture par exemple ? Ou asphyxiée dans sa douche à cause d'une fuite de gaz d'un chauffe-eau ? J'avais souvent entendu dire que dans les vieilles maisons ces appareils étaient installés dans les salles de bains, ce qui était dangereux en cas de mauvaise ventilation. J'ai tout de suite exclu cette possibilité car, dans ce cas, Amparito en aurait entendu parler. Malu n'était pas morte chez elle, elle avait disparu. Ils l'avaient fait disparaître de la surface de la terre pour qu'elle ne puisse pas accuser le médecin, la veuve et son frère de la mort d'Elenita et de son père. Après avoir tué deux personnes, pourquoi ne pas en éliminer une troisième si nécessaire ? Malu, qui vivait seule à Buenos Aires, était une victime facile. Personne ne savait rien, personne ne l'avait vue, personne ne se rappelait avoir parlé avec elle aux obsèques d'Elenita et elle n'était pas non plus chez elle quand Amparito lui avait apporté la robe avec la lettre. C'était même assez probable qu'elle ait été tuée avant Elenita. Après ces quelques réflexions, j'ai décidé de demander aussi la presse des derniers jours d'octobre, et comme la lettre était datée du 22, je commencerais directement par le journal de ce matin-là.

L'employée est revenue avec, dans les bras, de grandes chemises cartonnées où étaient archivés les journaux. Elle m'a précisé que c'étaient seulement ceux du mois de novembre et qu'elle m'apporterait ceux du mois de décembre quand j'en aurais fini avec les premiers. En voyant sa tête lorsque je lui ai demandé les journaux du mois d'octobre, j'ai su que la patience n'était pas sa principale vertu.

Je serais incapable de dire combien de temps je suis restée enfermée dans cette bibliothèque, appliquée exclusivement à la lecture des faits divers du mois de novembre de 1958. Ce que je sais, c'est que je n'ai rien trouvé. En tout cas rien d'intéressant pour mon enquête, parce que des assassinats et des délits en tout genre, il y en avait à la pelle. J'ai rendu à la responsable de la bibliothèque tous les journaux et je l'ai prévenue que je reviendrais le lendemain pour consulter les autres. Je suis repartie assez déçue, mais persuadée que j'allais trouver quelque chose, une piste, un indice même minime. Avant de rentrer à la maison, j'ai appelé Amparito d'une cabine téléphonique pour lui faire part de mes recherches. Elle m'a répondu que Rosa et elle avaient fait des découvertes, qu'on se verrait et qu'elles me raconteraient tout quand j'en aurais fini avec mes journaux.

Ce soir-là, avant de m'endormir, je me suis remémoré tous les événements survenus depuis le début, et je me suis vraiment demandé quel besoin j'avais de me plonger dans une histoire pareille. Pourquoi tant de travail ? Éplucher les journaux, chercher des indices, dénicher dans le passé des faits si vieux que personne ne s'en souvient. À quoi bon ? En lisant la lettre la première fois, j'avais ressenti une avide curiosité ; je tenais à savoir ce qui était arrivé à Elenita et à son père. Je ne cessais de penser à cette lettre. Plus tard, lorsque la dame de l'épicerie m'avait révélé qu'Elenita s'était suicidée en sautant du haut de la tour, il était clair que je ne pourrais pas oublier cette histoire, mais c'est surtout quand j'ai appris que Malu avait disparu que j'ai su qu'il me serait impossible d'arrêter mes recherches, d'autant plus qu'Amparito et Rosa voulaient absolument connaître la vérité. Penser à Malu me rendait profondément triste. Certes, la mort d'Elenita m'avait touchée, mais la sienne bien davantage, car elle resterait une mort anonyme et elle était la conséquence d'une macabre histoire dans laquelle elle avait été impliquée à son corps défendant. Si Elenita ne lui avait pas demandé de l'aide, elle serait encore en vie. Malu en soi n'avait aucune importance, mais ce qu'elle savait lui en avait donné beaucoup. Tout ça était la cause de mes tourments, mais j'ignorais toujours à quoi servirait la vérité après autant de temps.

Le lendemain je suis revenue à la bibliothèque des archives et j'ai repris mes recherches par les journaux du mois d'octobre, puis avec ceux du mois de décembre. Lorsque je commençais à croire que j'allais devoir revenir le lendemain pour continuer avec la presse du mois de janvier 1959, un fait divers a attiré mon attention. C'était dans l'édition du soir du journal du 18 décembre, et l'article disait :

« Mort dans le Riachuelo. Ce matin à l'aube, les habitants d'une humble demeure située près de la berge du Riachuelo, à quelques mètres du pont Bosch sur la rive d'Avellaneda, ont découvert le cadavre d'une femme qui flottait sur les eaux sombres et ils ont immédiatement prévenu la police. Au bouclage de cette édition on ne connaissait toujours pas l'identité de la victime. »

Je ne voulais pas me faire trop d'illusions mais j'avais l'impression que j'avais enfin retrouvé Malu. L'édition matinale du 19 décembre annonçait :

« Le mystère du Riachuelo. Nous vous informions hier qu'à la fermeture de notre édition, la femme trouvée morte dans le Riachuelo n'avait toujours pas été identifiée. Il s'agit d'une jeune femme âgée de vingt-cinq ans environ, cheveux châtain clair, yeux bleu clair, teint pâle, 1,65 mètre et environ 55 kilos. Elle portait une jupe bleue et un chemisier blanc. Le corps présente un hématome au niveau de la tempe gauche. On attend les résultats de l'autopsie. »

L'édition du soir n'ajoutait rien de plus, elle reprenait le texte du matin et promettait de communiquer les résultats de l'autopsie dans le tirage matinal du 20 décembre. Je m'y suis aussitôt reportée. L'article était beaucoup plus long, une page entière. Le titre ressortait davantage et il y avait deux photos : une du cadavre recouvert jusqu'au cou d'un drap qui laissait voir la tête avec les cheveux emmêlés et le visage flouté, et une autre de l'endroit où avait été trouvé le corps. On pouvait distinguer la berge du Riachuelo, une partie du pont et la maison où vivaient les gens qui avaient trouvé la dépouille : une habitation en bois de deux étages, avec un escalier sur le côté et des fenêtres qui donnaient sur la rivière.

« Le mystère du Riachuelo s'épaissit. Les résultats de l'autopsie qui a été pratiquée sur le corps de la femme retrouvée morte le 18 de ce mois dans les eaux de la rivière Riachuelo, dans la localité d'Avellaneda, et qui n'a toujours pas été identifiée, révèlent qu'elle est décédée à cause d'un coup porté sur la tempe gauche avec un objet contondant. Selon les médecins légistes, la victime était déjà morte quand elle a été jetée dans les eaux du Riachuelo. »

La seule nouveauté dans cette parution était le rapport d'autopsie, car tout le reste était une copie conforme de ce qui avait été publié depuis le premier jour. Dans tous les journaux des jours suivants et jusqu'à la fin du mois, il n'y avait rien de plus. Le cadavre n'avait pas été identifié, on ne savait toujours pas qui était cette jeune femme morte, et personne n'avait réclamé le corps. Le journal a continué de publier un article quotidien dans ses différentes éditions durant la première semaine, puis seulement dans son tirage du soir. Les différents titres parus contribuaient à renforcer l'impression de mystère : *« Qui est la femme du Riachuelo ? »*, *« L'énigme du Ria-*

chuelo », *« L'impénétrable crime du Riachuelo »* et ainsi de suite jusqu'à ce que tout simplement plus rien ne soit publié. Dans les journaux de la première quinzaine du mois de janvier de 1959, que j'avais aussi demandés, j'ai seulement trouvé un article le 14 janvier qui reprenait la nouvelle :

« La femme du Riachuelo. Le corps n'a toujours pas été identifié. Le mystère le plus absolu entoure cet assassinat. Aucune plainte pour disparition n'a été déposée répondant aux caractéristiques de cette femme (sexe féminin, environ vingt-cinq ans, 1,65 mètre, 55 kilos approximativement, teint pâle, yeux bleus, cheveux châtain clair). Nous rappelons que la police, au moment des faits, a procédé à un minutieux ratissage de la zone où a été découvert le corps dans l'espoir de trouver un objet ou un indice qui pourrait éclaircir cette énigme, mais sans aucun succès. »

Et c'est tout. Ensuite je n'ai plus trouvé aucun mot sur cette femme mystérieuse, ni dans les journaux de la première quinzaine ni dans ceux de la deuxième que j'avais aussi voulu examiner, au cas où. À ce stade de mes recherches, j'étais déjà bien rodée, et trier toutes ces informations m'avait pris moins de temps que le premier jour. J'ai demandé qu'on me photocopie les articles choisis et je suis partie. Je voulais qu'Amparito et Rosa voient la photo du cadavre. On ne pouvait pas distinguer les traits du visage de la morte, mais ça m'était égal. Avec un peu de chance, ce serait quand même utile ; et si ce n'était pas le cas, on pourrait toujours s'appuyer sur la description détaillée qui avait été faite de la jeune femme avec sa taille, son poids, la couleur de ses cheveux et de ses yeux, qui servirait assurément. Lorsque je suis rentrée à la maison, il n'y avait personne. Mon père et ma mère profitaient au maximum de leurs derniers jours de vacances, ils sortaient sans cesse. Juanjo passait tout son temps avec ses copains à Villa Gesell, qu'il préférait à San Clemente, et quant à Javier, il restait confiné à la maison et il râlait comme d'habitude. Heureusement pour moi, il n'était pas là à ce moment précis, ce qui m'a permis d'appeler tranquillement Amparito sans être dérangée.

– Décris-moi Malu, lui ai-je demandé.

– Tu as trouvé quelque chose ?

– Oui, mais dis-moi avant comment était Malu. Comment était-elle physiquement, je veux dire ?

– C'était une belle fille, grande et svelte, très élégante…

– Blonde ou brune ?

– Plus blonde que brune, châtain clair.

– Cheveux frisés ou raides ?

– Bon, ça suffit ! a protesté Amparito, comment veux-tu que je me souvienne de tout, ça fait longtemps.

– Quelle était la couleur de ses yeux ?

– Tu ferais mieux de me dire ce que tu as trouvé.

– Plus tard, pour l'instant, concentre-toi sur la couleur de ses yeux.

– Je ne suis pas très sûre… je crois qu'ils étaient clairs.

– Bleus ?

– Peut-être…

– Alors c'est elle.

11

Nous étions convenues avec Amparito de nous voir le lendemain matin au Rawson. Elle m'avait demandé de venir de bonne heure, donc j'ai fait un effort. Lorsque je suis arrivée, Amparito était en train de nettoyer au jet la galerie où les petits vieux s'asseyaient à l'ombre sur des bancs en bois. Elle m'a fait signe d'entrer chez elle.

– Tu trouveras une boîte sur la table, regarde ce qu'il y a dedans, m'a-t-elle crié.

C'était une boîte à chaussures, recouverte par un papier à fond bleu clair avec des motifs de roses rouges. Elle était pleine de photos, la plupart en noir et blanc, jaunies par le temps, et d'autres en couleurs. Celles en couleurs étaient rangées dans de petits albums comme ceux qu'offrent les photographes quand on va faire développer une pellicule. J'ai commencé à regarder les albums assez rapidement. Amparito était pratiquement sur tous les clichés avec d'autres personnes âgées au Club des retraités mais aussi au Rawson avec des médecins et des infirmières. J'ai laissé de côté les albums et j'ai sorti de la boîte les photos en noir et blanc. Je les ai toutes bien disposées sur la table et, au fur et à mesure que je les regardais, je les retournais pour voir si elles avaient au verso une date ou un nom. Mais aucune d'elles n'avait d'inscription me permettant d'identifier les personnes ou les lieux photographiés, j'ai donc laissé libre cours à mon imagination :

Une maison en bois avec un toit en tôle à deux pentes, un homme et une femme d'âge moyen assis sous un porche : certainement les parents d'Amparito dans leur maison de San Vicente.

Une petite fille avec un énorme chignon sur la tête et un petit garçon habillé en marin : Amparito et son frère, il n'y avait aucun doute possible. J'ai souri en voyant la coiffure de la gamine, pratiquement identique à celle d'Amparito maintenant.

Sur deux autres photos, on pouvait voir deux bébés couchés sur le ventre avec les fesses à l'air, l'un avec les yeux grands ouverts et ébahis, l'autre en train de pleurer. J'ai conclu qu'il s'agissait d'Amparito et de son frère.

Je commençais à me demander à quoi pouvaient servir toutes ces photos lorsque j'en ai repéré une, moins vieille que celles que je venais de regarder, sur laquelle on voyait un groupe de femmes habillées comme à l'époque où ma mère était une petite fille. Je me suis instantanément souvenue des photos du mariage d'une des tantes de ma mère que j'ai souvent vues chez ma grand-mère. Toutes les filles, même ma mère et ma tante Luisa qui étaient pourtant petites, portaient des chapeaux. Sur la photo d'Amparito, il y avait seulement des femmes coiffées de chapeaux comme sur celles de ma grand-mère.

– C'est justement celle-là que je voulais te montrer, a dit Amparito qui venait d'entrer et de me surprendre avec la photo dans la main. Elenita est sur la photo. Je voulais que tu la voies. C'est le jour du mariage de monsieur Emilio avec madame María del Carmen. Regarde, c'est elle, a-t-elle expliqué en me montrant une petite fille blonde aux yeux tristes et étonnés, un peu en retrait des autres. Celle qui est assise au milieu, c'est la mariée, les autres, je ne sais plus.

– Elle était belle, un peu triste, n'est-ce pas ? Quel âge avait-elle ? ai-je demandé en me référant bien sûr à Elenita.

– Euh… elle devait avoir à peu près quinze ans.

– Et María del Carmen ?

– Une vingtaine d'années, elle était très jeune, on aurait dit la sœur d'Elenita. Pauvre petite. Elenita ne pouvait pas supporter madame María del Carmen. Celle-ci avait pourtant tout essayé pour se rapprocher d'elle et gagner son amitié, mais Elenita ne le lui a jamais permis.

– Pourquoi ne portait-elle pas de robe de mariée ?

– Parce que don Emilio était très strict. Il estimait qu'un veuf, qui de surcroît avait une fille, ne pouvait pas faire un mariage pompeux, donc ni robe blanche ni grande fête. Il avait invité seulement ses proches. En revanche, ils sont partis en Europe pour leur lune de miel.

J'ai sorti à mon tour tous les articles de journaux avec les photos et j'ai laissé à Amparito le temps de les lire. Moi, j'ai continué de regarder la photo d'Elenita ; son visage triste contrastait avec celui de María del Carmen, radieux. Cela ne faisait aucun doute que c'était un mariage de convenance : une femme jeune, un homme d'âge mûr à la tête d'une fortune, héritage assuré, avec trois morts à la clé pour accélérer le cours des choses.

J'ai regardé très attentivement María del Carmen pour voir si je pouvais trouver un signe qui laisserait présager une future meurtrière, mais je n'ai rien remarqué. En fait, je ne distinguais pas très bien son visage, entre sa frange (semblable à celle d'Amparito) et son horrible chapeau (comme une gamelle recouverte de roses qui penchait sur le côté et lui cachait la moitié du visage), on ne pouvait rien distinguer clairement.

– Ça doit être elle, a décrété Amparito. La description correspond bien à mes souvenirs. Elle avait de beaux yeux clairs, des cheveux châtain clair, elle était grande, mince… Et elle était seule, ma grande, toute seule. Là on ne voit rien, dit-elle en montrant la photo du journal, mais d'après les renseignements joints, c'est bien elle. De plus, les dates concordent, c'est juste après la mort d'Elenita. Le hasard fait bien les choses, n'est-ce pas ?

En effet, difficile de croire au simple concours de circonstances. Le fait de chercher dans les journaux les traces d'un cadavre et d'en trouver un, c'était déjà assez invraisemblable, mais dénicher un cadavre anonyme qui correspondait exactement aux caractéristiques de Malu que personne n'avait jamais réclamé, c'était un comble.

– Bon, dit Amparito, nous tenons enfin quelque chose. Maintenant, je vais te raconter ce qu'a découvert Rosa.

Toute l'histoire de la maison de retraite du docteur De Bilbao était vraie, il s'agissait en fait d'une résidence de grand luxe proche de la gare de Beccar. Le docteur De Bilbao avait plus de quatre-vingts ans et avait cessé d'exercer la médecine depuis longtemps. Son état de santé n'était pas très brillant, il vivait sur place afin de recevoir les soins prescrits par des médecins et des infirmières. Par ailleurs, sa femme, beaucoup plus jeune que lui, était la directrice du centre.

– Il semblerait qu'il a épousé sa secrétaire quand il avait la clinique de Mar del Plata. Ils ont vécu longtemps là-bas puis ils sont venus s'installer ici, a expliqué Amparito. Rosa a pu s'entretenir avec une voisine de la sœur du docteur qui lui a tout raconté. On a enfin l'adresse et le téléphone de la maison de retraite, elle s'appelle « La Casa del sol », qu'est-ce que tu en penses ?

– Euh, je ne sais pas... On ne dirait pas vraiment un nom de maison de retraite.

– Mais non, je ne pensais pas à ça, mais au fait que nous avons enfin l'adresse et le téléphone...

– C'est génial, mais...

– Mais quoi ?

– Je ne sais pas vraiment, j'ai tellement de doutes... Supposons que le docteur De Bilbao, ainsi que nous le pensions, ait tué le père d'Elenita, Elenita et Malu avec la complicité de la veuve et du frère. Qu'est-ce qu'on peut faire maintenant, après tellement de temps, avec un docteur qui a plus de quatre-vingts ans et qui, même s'il est propriétaire du centre, est interné tout comme les autres vieux ?

– Qu'est-ce qu'on peut faire maintenant ? Je n'en sais rien, mais j'ai quand même pensé à quelque chose… une petite idée derrière la tête, mais on verra ça plus tard. Maintenant c'est à mon tour de t'expliquer ce que j'ai fait de mon côté.

Amparito a ouvert un tiroir de la commode à côté de son lit et en a sorti une boîte à thé, assez vieille à en juger par l'aspect décoloré de l'étiquette sur laquelle on pouvait encore distinguer deux Chinoises devant une table basse avec une petite tasse à la main.

– J'ai beaucoup de cochonneries là-dedans, a-t-elle avoué en ouvrant la boîte. Je suis assez conservatrice dans le genre, tu sais ?

Elle a sorti une carte jaune à deux volets en forme de livret et me l'a tendue. Il y avait une inscription en lettres dorées : « Confiserie Los Leones. Union de María Del Carmen Lima et d'Emilio Echeverría. »

– C'est le confiseur qui a organisé le banquet de

mariage de don Emilio, m'a précisé Amparito. J'ai eu l'idée de fouiller dans cette boîte pour essayer de retrouver des choses de cette époque-là, et ce faire-part était là. Je ne m'en souvenais même pas. Et c'est grâce à lui que j'ai su le nom de famille. C'est un nom assez courant, ça n'aurait pas été facile de trouver une María del Carmen Lima sans savoir d'où elle venait, mais je me rappelais qu'elle était de Balcarce. Aussi bizarre que cela puisse paraître, je n'ai jamais oublié ce détail.

– Tu n'es quand même pas allée jusqu'à Balcarce ?

– Non, ma grande, j'ai fait beaucoup plus simple. Je suis allée au cabinet du docteur Marini situé dans le deuxième bâtiment au premier étage et je lui ai emprunté l'annuaire de Buenos Aires. Eh bien, il y a cinq « Lima » à Balcarce. J'ai appelé le premier et j'ai demandé madame María del Carmen ; un homme peu aimable m'a répondu qu'aucune femme n'habitait là. À mon deuxième appel, une petite fille m'a dit que sa maman s'appelait Susana et a raccroché. Le troisième numéro était toujours occupé, donc je suis passée au quatrième. Cette fois-ci, j'ai eu de la chance, a continué Amparito en respirant profondément. Un homme a décroché, a-t-elle articulé plus tranquillement, et il m'a dit qu'il était le neveu de María del Carmen Lima. Tu te rends compte ?

– Et il t'a dit où elle était ?

– Oui et non. Comme il m'a d'abord demandé qui j'étais, j'ai dû inventer une histoire. Je lui ai raconté que j'étais une vieille amie de Buenos Aires, que j'étais partie vivre en Europe il y a très longtemps, que maintenant j'étais revenue m'installer ici et que j'éprouvais le désir de revoir mes amis d'autrefois. Mon histoire a dû lui plaire car il m'a donné plein de renseignements sur sa tante. Il m'a dit qu'elle s'était remariée, qu'elle avait voyagé à travers le monde, qu'elle n'avait pas eu d'enfant et que maintenant elle était installée à Buenos Aires.

– Tu lui as demandé son numéro de téléphone j'imagine ?

– Bien sûr, mais il ne me l'a pas donné. D'un ton très aimable, il s'est excusé et m'a dit qu'il n'était pas autorisé à le communiquer mais qu'il lui ferait part de mon appel ; si je lui laissais mon nom et mon numéro, sa tante me rappellerait certainement. Je lui ai lancé un nom au hasard et le premier numéro qui m'est passé par la tête. Je voulais essayer de lui soutirer d'autres renseignements. Je l'ai donc questionné sur le frère de María del Carmen dont je me souvenais. C'est alors qu'il m'a dit que le frère en question était son père et qu'il était bien portant. Je l'ai remercié pour son aide et l'ai chargé de saluer la famille, puis j'ai raccroché.

Et voilà. Les trois assassins de l'époque étaient vivants et profitaient de la fortune du père d'Elenita. La seule manière d'obtenir l'adresse de María del Carmen était d'éplucher le bottin de Buenos Aires. Nous l'avons fait et nous avons trouvé une « Lima, María C. ». Amparito l'a appelée mais sans succès – le « C » voulait dire Cristina. Nous avons renoncé à poursuivre cette piste et nous en sommes arrivées à la conclusion que notre pièce maîtresse était le docteur De Bilbao, ou tout du moins sa maison de retraite, et que nous devions lui rendre visite.

12

« La Casa del sol. Résidence pour personnes âgées » : l'écriteau en bois blanc avec des lettres peintes en noir était cloué sur le pied d'un grand réverbère, juste à côté de la grille d'entrée. La bâtisse était splendide ; je dirais même plus, c'était un vrai palais. Plus blanche qu'un drap sorti d'une pub pour lessive. Je n'avais jamais vu un jardin avec une pelouse aussi grande et des jardinières de fleurs composées avec un tel goût. Elles étaient plantées d'après leurs tailles et leurs couleurs. Au milieu du jardin, il y avait une pergola couverte de rosiers grimpants et, en dessous, quatre petits vieux (aussi vieux que ceux du Rawson) qui jouaient aux cartes assis autour d'une table blanche sur des chaises en toile blanche. La première chose qui m'est venue à l'esprit à ce moment-là, c'était la fortune que devaient payer ces gens pour

s'offrir un luxe pareil. Je pensais à Amparito, j'aurais bien voulu qu'elle soit là, avec moi, mais nous étions convenues que je devais faire la première visite toute seule en qualité de journaliste stagiaire qui écrivait l'histoire de la grande maison à la coupole. Et selon le résultat de cette première visite, Amparito interviendrait ou non plus tard.

La grille était ouverte, je suis donc entrée, mais j'ai à peine fait deux pas qu'un jeune gaillard, musclé, bronzé, en tenue de sport et baskets blanches, est venu à ma rencontre. On aurait dit un infirmier d'un centre psychiatrique sorti d'un film d'épouvante.

– Qui cherches-tu ? a-t-il demandé, sans m'avoir laissé le temps de prononcer un mot, et avec l'air de vouloir me passer une camisole de force.

– Bonjour, ai-je répondu, sans tenir compte de ses intentions. Je cherche le docteur De Bilbao, on m'a dit qu'il vivait ici.

– Oui, il vit bien ici, mais il ne pourra pas te recevoir, il est malade.

– Je ne pourrais pas lui parler même un instant ? ai-je insisté.

– Non, il ne parle à personne, a-t-il répondu très sèchement.

– Et sa femme… ? Je sais qu'elle travaille ici.

– Oui, c'est la directrice, mais elle ne va pas non plus pouvoir te recevoir, elle est très occupée.

– Vous seriez aimable d'essayer ? ai-je rétorqué en veillant à soigner mon expression pour paraître plus sérieuse. Veuillez la prévenir qu'une journaliste stagiaire désire faire un reportage.

Il a haussé les épaules et les sourcils en penchant un peu la tête, l'air de dire que ça lui était égal, et il est reparti vers la maison.

J'ai décidé de patienter quelques minutes au cas où il reviendrait, mais, dans le cas contraire, j'étais résolue à essayer d'entrer par mes propres moyens. En attendant, je passais le temps en regardant les résidents qui jouaient aux cartes sous la pergola fleurie. J'aurais bien aimé savoir quelle serait leur réaction si quelqu'un ouvrait un paquet de pains au lait devant eux. J'étais absorbée par cette pensée quand le gorille a réapparu.

– Madame De Bilbao vous fait dire que pour le moment elle n'accepte aucun entretien, a-t-il affirmé.

– Il s'agit d'une enquête, ai-je insisté d'un air emphatique, dites-lui, s'il vous plaît, que je dois absolument lui poser deux questions, rien de plus.

Il m'a de nouveau regardée avec cette intention de me passer la camisole de force, mais il s'est contenu, a soupiré, m'a dit : « D'accord », et il est reparti.

Sur le devant de la maison, il y avait une grande galerie avec des fauteuils en rotin et des coussins blancs. Calée dans les coussins, une vieille dame diaphane somnolait, la tête en arrière et les mains posées sur sa jupe. J'ai repensé aux pensionnaires du Rawson, leur situation était la même, mais dans un autre décor. J'ai aussi repensé aux pains au lait.

– Madame accepte de vous recevoir, m'a annoncé le grand dadais comme s'il me rendait un service.

Je lui ai souri avec humilité, puis je l'ai suivi jusqu'à la maison. Trois marches en marbre séparaient le jardin de la bâtisse. L'infirmier droit sorti du film d'épouvante a ouvert un battant de la double porte d'entrée et m'a désigné le bureau de la directrice. Sans un mot, il a refermé la porte en me laissant seule à l'intérieur. J'ai beaucoup aimé le damier noir et blanc du carrelage qui étincelait comme un miroir. La couleur blanche prédominait aussi à l'intérieur, les fenêtres, les portes, les murs, les fauteuils, les rideaux, tout était blanc et propre comme dans les pubs de lessives et d'eau de Javel. Je me suis approchée de la porte et j'ai frappé deux fois.

– Entrez ! m'a répondu une voix de femme, une voix à la fois ferme et voilée, comme celle d'une speakerine de radio.

J'ai poussé le battant et je suis entrée. Si jusqu'à présent je m'étais crue comme dans un film, maintenant j'avais Hollywood au grand complet devant moi. Une belle femme souriante, à qui je donnais une quarantaine d'années, m'a saluée et m'a priée de m'asseoir devant son bureau. Elle avait de longs cheveux blonds qui lui descendaient sur les épaules, et au moindre mouvement de la tête ils s'animaient, brillants et lourds, comme dans les meilleures pubs pour shampooings. Son nez était plutôt petit et fin ; sa bouche, sensuelle ; ses yeux, grands et gris. Une parfaite beauté, certes froide comme une statue, mais une véritable beauté. Actrice de cinéma ou mannequin ? « Madame la directrice María De Bilbao » pouvait-on lire sur la fine plaque gravée en lettres d'or posée sur son bureau et orientée vers la personne qui était assise face à elle – moi dans le cas présent. Son bureau était à son image, même raffinement, même perfection. Tout était assorti, les meubles, les livres, les tapis, les tableaux, tout allait de pair avec elle. Beauté, élégance. La grande classe. C'est l'impression que dégageait cet endroit, mais avec un quelque chose d'irréel, comme dans les revues de décoration.

– En quoi puis-je vous être utile ?

– Je suis en train d'écrire un article sur une demeure que votre mari connaît bien puisqu'il était le médecin de famille de ses habitants. Je m'intéresse au mystère qui plane sur cette maison et je pense qu'il peut m'aider à éclaircir certains points.

– Mon mari est prostré. Il ne parle plus à personne, sauf à moi, et je ne comprends pas toujours ce qu'il me dit. Il est... Comment pourrais-je vous expliquer ?

De sa main droite, elle a décrit une sorte d'arc dans le vide tout en regardant le plafond comme si elle allait y trouver le mot exact qu'elle cherchait.

– Il est comme dans un autre monde... il est absent. Vous comprenez ? Il est absolument impossible de lui parler. Si vous voulez, racontez-moi votre histoire, je pourrais peut-être vous aider.

– Je ne sais pas, tout ça s'est passé il y a bien longtemps, ça remonte environ à une quarantaine d'années.

La femme m'a regardée d'un air surpris, mais comme elle ne disait rien, j'ai continué de parler. J'ai d'abord déballé tout mon baratin sur ma pseudo-recherche avec détails à l'appui que j'avais appris sur le bout des doigts, puis la partie stagiaire dans le journal avec le repêchage des histoires des vieux quartiers et enfin la possibilité de publier un article dans une revue. Je lui ai expliqué la curiosité que suscitait cette demeure avec sa tour sans coupole et le suicide de la jeune fille qui y habitait et que le docteur De Bilbao connaissait comme médecin de la famille.

La directrice m'a écoutée attentivement pendant tout mon discours sans jamais détourner ses beaux yeux gris, les coudes appuyés sur son bureau et le menton posé sur ses mains blanches.

– Je ne crois pas que je puisse vous aider, m'a-t-elle avoué d'une voix feutrée. Le docteur et moi nous sommes connus à Mar del Plata, et tout ce que vous voulez savoir est lié à des faits qui remontent bien avant qu'il s'y installe et monte sa clinique, et moi je ne connais rien de cette période.

Inutile d'insister, ni son mari ni elle n'allaient pouvoir me donner de grain à moudre. La belle dame m'a conseillé de me rendre sur place, d'essayer de retrouver et d'interroger d'anciens voisins âgés, susceptibles de se souvenir du suicide de cette pauvre petite. Je l'ai vivement remerciée pour ses bons conseils. Elle m'a fait un large sourire, découvrant une parfaite dentition (comme c'était prévisible) digne d'une annonce publicitaire pour un dentifrice et a mis fin à notre entrevue. Elle m'a raccompagnée jusqu'au hall d'entrée et, pour continuer à se montrer aimable, elle a ajouté :

– Si vous voulez, je peux vous reconduire en ville. Je dois faire une course dans le centre de Buenos Aires. Attendez-moi une seconde, je reviens tout de suite…

J'allais lui dire que j'acceptais, mais elle ne m'en a pas laissé le temps. Elle a fait un geste de la main comme pour me dire de l'attendre et elle est partie dans un grand couloir en sens inverse de son bureau, a ouvert la première porte tout doucement, comme si elle ne voulait pas faire de bruit, et est entrée.

Lorsqu'elle est ressortie, j'avais changé d'avis et lui ai dit que j'allais prendre le train jusqu'à Tigre pour rendre visite à une de mes tantes. Nous sommes sorties ensemble, elle est montée dans sa voiture blanche et elle a démarré. J'ai commencé à marcher lentement dans la même direction jusqu'à ce qu'elle disparaisse. Moi aussi j'ai obliqué, j'ai fait le tour du pâté de maisons et je suis retournée à la maison de retraite.

Quelques mètres avant la grille d'entrée principale, il y avait une petite porte en bois, certainement réservée au personnel, par laquelle je me suis glissée.

J'ai croisé un couple de petits vieux qui se promenaient main dans la main ; ils m'ont regardée sans surprise comme s'ils me connaissaient depuis toujours et ont poursuivi leur balade. J'ai continué d'avancer jusqu'à voir le gorille qui était assis sur un banc en bois tout près du portail et qui lisait le journal. J'ai encore avancé sur une petite allée dallée qui conduisait vers l'arrière de la bâtisse, certainement jusqu'aux cuisines. Lorsque je suis arrivée au niveau de la double porte, celle par laquelle j'étais entrée auparavant, j'ai quitté le chemin pavé, j'ai jeté un coup d'œil à l'athlète (qui lisait toujours son journal) et je me suis faufilée dans la maison. Tout comme la première fois, il n'y avait pas un chat dans le grand hall d'entrée blanc. Je me suis dirigée vers le couloir de gauche et, juste au moment où j'arrivais à hauteur de la première porte, j'ai eu l'impression d'entendre une voix qui provenait de l'intérieur. Je me suis rapidement cachée derrière une plante énorme.

– Dans une demi-heure, je vous apporte votre repas, docteur.

C'était une voix de femme. J'ai pu percevoir le bruit de la porte qui se referme, suivi des pas pressés de quelqu'un, certainement de cette femme, qui s'éloignait vers le fond du couloir.

J'ai regardé ma montre, il était 11 h 30. Je n'ai pas hésité un instant et je n'ai pas réfléchi non plus. Si je m'étais mise à penser à ce que j'étais en train de faire, je crois que je serais partie en courant. J'ai donc ouvert tout doucement la porte de la chambre, comme l'avait fait la femme du médecin. J'étais convaincue que j'allais trouver le vieillard dans son lit, somnolant dans une chambre sombre et silencieuse. Mais pas du tout, j'avais à peine entrouvert la porte que j'ai pu apprécier une grande clarté – le soleil entrait par la fenêtre qui donnait sur le jardin. Au premier coup d'œil j'ai pu constater un certain désordre, en contradiction avec ce que j'avais vu jusqu'à présent, je ne sais pas au juste pourquoi, mais c'est la première chose que j'ai remarquée. Il ne s'agissait pas d'un capharnaüm quelconque, pas de vêtements jetés par terre, de chaussures mal rangées ou de lits pas faits, non, rien de tout ça, mais un vrai fouillis de papiers et de photos. En face de la fenêtre, il y avait une grande table couverte de revues, certaines bien empilées et d'autres complètement éparpillées. Par terre se trouvaient aussi des magazines et des papiers déchirés – je devrais dire des pages entières de revues réduites en lambeaux de toutes tailles. Devant la table et tournant le dos à la porte, il y avait un homme en fauteuil roulant. Bien qu'il ait le dos tourné, je me suis rendu compte qu'il manipulait les revues, et c'est seulement un peu plus tard que j'ai su ce qu'il faisait exactement. J'ai délicatement refermé la porte et me suis rapprochée de la table. Une très forte odeur de désinfectant envahissait la pièce.

– Docteur De Bilbao ? ai-je prononcé lentement.

Il m'a regardée et m'a souri. Il est resté un instant comme ça, ensuite il a pris une revue sur une des piles et a commencé à la feuilleter avec beaucoup de soin ; de temps en temps, il me regardait. Sur un des côtés de la table il y avait des coupures de journaux, avec des photos de personnes. Elles étaient bien rangées. Je veux dire qu'elles n'étaient pas juste étalées au hasard : elles étaient disposées dans un certain ordre. Leurs contours irréguliers n'avaient pas été découpés avec des ciseaux. Tout à coup j'ai senti la pression du regard du docteur De Bilbao sur moi, cela a détourné mon attention. Je l'ai alors regardé, il m'a souri, il s'est ensuite replongé dans sa revue et en a arraché une page. Il a poussé le magazine sur le côté, a soigneusement étalé la feuille sur la table et, avec une précision inimaginable pour une personne de cet âge et malade de surcroît, a commencé à découper avec ses doigts la photo de la femme qui apparaissait. Il travaillait avec son pouce et son index, il appuyait sur le papier et arrachait un petit morceau, il faisait glisser ses doigts sur le papier et recommençait la même opération tout en suivant le contour de la silhouette. De temps en temps, il me jetait un coup d'œil et me souriait. La photo en question était celle d'un jeune mannequin, une adolescente souriante aux longs cheveux en tenue de sport, invitant à boire un yaourt rempli de vitamines et de minéraux afin de bénéficier d'une alimentation saine et équilibrée. Elle et moi, on se ressemblait, et je pourrais presque parier qu'il pensait pareil et que c'était la raison pour laquelle il l'avait choisie. Une fois son opération terminée, il a déposé la photo avec celles des hommes, des femmes et des enfants qui avaient subi le même sort avec la même patience incroyable.

Le docteur De Bilbao regardait son découpage avec tendresse, et moi avec la même expression. Ensuite il a pris une autre revue sur une des piles et a commencé à la feuilleter en s'attardant sur les pages qui avaient des photos de personnes. Je savais pertinemment qu'entre le docteur et moi aucune conversation n'était possible. Je me demandais bien ce que je faisais là et ce que j'allais pouvoir dire si on me surprenait dans cette pièce. J'étais persuadée que sortir de là était ce que j'avais de mieux à faire, mais comme pratiquement toujours dans ce genre de situation, j'ai fait tout le contraire. Je suis restée sur place. Cette chambre était si différente des autres, elle m'intriguait. On sentait qu'elle était habitée, même si c'était par un petit vieux qui se limitait à feuilleter des revues et à détacher avec ses doigts les personnages. La pièce était remplie de détails personnels, les revues mises à part. Contre le mur, il y avait une télé, une chaîne hi-fi et une bibliothèque avec ses étagères garnies ; la plupart avec des CD de musique classique : Brahms, Beethoven, Mozart, Chopin… mais sur deux d'entre elles il n'y avait que des albums photo. J'ai regardé l'heure – dans à peine vingt minutes on allait apporter le repas du docteur – et, bien entendu, je me suis plongée dans les photos. Il s'agissait surtout de photos de voyages : France, Espagne, Égypte, Inde. Le docteur De Bilbao et sa femme avaient voyagé dans le monde entier. Elle était presque toujours seule sur les clichés, sur quelques-uns seulement ils apparaissaient tous les deux, et plus rarement encore on ne voyait que lui. C'était sûrement lui le photographe. Même si maintenant c'était un vieillard malade, on le reconnaissait très bien sur les photos. Il était aussi dégarni, sauf que les rares cheveux qu'il avait sur les côtés étaient noirs sur les photos et tout blancs dans la réalité. Son sourire était le même que celui qu'il m'avait adressé pendant qu'il découpait le personnage de sa revue. Sa femme était pratiquement pareille. La même allure distinguée, les cheveux toujours aussi blonds bien qu'un peu plus longs.

On reconnaissait bien le docteur De Bilbao sur les photos mais on ne pouvait pas nier l'effet des années passées. Avec sa femme, c'était bien différent, on avait l'impression que le temps s'était figé. Quand je l'avais vue quelques minutes auparavant, elle semblait toujours aussi jeune que sur les photos. Je me demandais combien d'années les séparaient. J'ai calculé au moins trente ans, peut-être quarante… Après avoir parcouru cinq albums de photos de voyages, qui commençaient à m'ennuyer, j'ai trouvé celui du mariage, plus gros que les autres avec une reliure en cuir. Rien que des photos de la cérémonie civile, en noir et blanc, aucune dans l'église et aucune en robe de mariée. Elles me rappelaient celles des noces de mes parents qui s'étaient mariés civilement. Quand j'étais petite, j'étais jalouse d'Ayalen car elle avait les photos du mariage de ses parents qu'ils avaient célébré dans les règles de l'art : à l'église avec des robes longues et des costumes de marque. Ma tante Luisa ressemblait à une princesse dans sa robe blanche vaporeuse. On pouvait la voir jeter son bouquet dans les airs, ou souriante derrière un énorme gâteau rempli de petits rubans, ou prenant le bras de mon oncle Luis en descendant un spectaculaire escalier recouvert d'un tapis… Toutes ces photos avaient provoqué, durant des années, de nombreuses disputes entre Ayalen et moi, impliquant aussi mes parents quand je leur rapportais les dires de ma cousine. Selon elle, ses parents avaient fait un mariage en grande pompe et les miens s'étaient mariés comme des gueux. Quand je racontais ça à la maison, mon père était furieux.

Les photos de noces du docteur De Bilbao avec sa femme ressemblaient à celles de mes parents, bien qu'un peu plus anciennes. Je serais incapable de dire pourquoi, si c'était à cause des vêtements ou des coiffures, mais j'en avais conclu qu'ils s'étaient mariés quelques années avant mes parents. J'ai jeté un coup d'œil à ma montre : il était midi moins cinq. J'ai remis les albums à leur place et me suis rapprochée du docteur qui découpait patiemment la silhouette d'une belle femme blonde habillée en blanc. En observant tous les découpages du docteur De Bilbao, son obsession pour les femmes blondes sautait aux yeux.

13

L'après-midi même, je suis allée au Rawson dès que j'ai pu. Amparito était installée sous le tilleul où elle sirotait un maté. Elle faisait de la couture, elle raccommodait de vieux vêtements que les gens donnaient au centre pour les personnes âgées. Avant de m'asseoir à ses côtés, j'ai distribué des petits pains au lait aux deux petits vieux du banc. L'un d'eux a esquissé un sourire identique à celui du docteur De Bilbao quand il découpait la jeune femme de la pub pour yaourts. Amparito m'a donné le thermos pour que je fasse le service et m'a priée de tout lui raconter, donc je lui ai fait un compte rendu très complet. Elle m'a écoutée sans dire un mot, sans me regarder et sans cesser de coudre un seul instant, sauf pour aspirer avec rage une gorgée de son maté. À la fin de mon récit, il n'y avait plus d'eau dans le thermos et

Amparito venait de finir de repriser la dernière chemise. Elle était restée pensive, les yeux rivés sur le tilleul.

– Alors ? Qu'est-ce que tu en penses ? l'ai-je interrogée, pressée de connaître son avis.

– J'ai déjà vu beaucoup de personnes comme ça, ma petite, m'a-t-elle répondu, c'est la vieillesse. Et ça, c'est rien, si je peux dire, j'ai vu des choses terribles. Le docteur De Bilbao est dans un autre monde, on ne pourra rien tirer de lui, a-t-elle conclu en me regardant d'un air grave. En revanche, il se pourrait que sa femme sache des choses qu'elle ne t'a pas racontées.

– Je ne pense pas que son mari lui a confessé qu'il avait amassé sa fortune après avoir commis trois crimes.

– Non, tu as raison, pourquoi lui aurait-il avoué ses crimes ? Rien ne l'y obligeait. De toutes les manières, soupira-t-elle en se levant de sa chaise longue, même si sa femme est au courant de tout, ce n'est pas dans son intérêt d'aller le crier sur les toits. Tu te rends compte, si le docteur meurt, ce qui ne devrait pas vraiment tarder, elle sera libre, belle, riche et jeune de surcroît… Quel âge tu lui donnes ? me demanda-t-elle en se rasseyant.

– Une petite quarantaine, ma mère a quarante-neuf ans et paraît plus âgée qu'elle, mais plus naturelle. La femme du docteur ressemble à une star d'Hollywood... Mais j'ai des doutes...

– Sur quoi ? Mais parle, enfin ! a-t-elle exigé comme si je voulais lui cacher des informations.

– En regardant les photos du mariage, il y avait quelque chose qui ne collait pas. Je les ai comparées avec celles de mes parents... D'un côté elles se ressemblaient, mais d'un autre on aurait dit qu'elles étaient d'une autre époque.

– En quelle année se sont mariés tes parents ?

– 1975.

– Et pourquoi as-tu comparé les photos du mariage de tes parents avec celles du docteur De Bilbao ?

– Je crois que c'est parce que ce sont les photos d'une cérémonie civile. Mes parents ne se sont pas mariés à l'église et n'ont pas fait la fête, juste un petit apéritif et ils sont partis en randonnée avec leurs sacs à dos au Machu Picchu en guise de voyage de noces. Ce sont pratiquement les mêmes photos : les mariés qui signent les registres, les témoins, le maire qui serre les mains, les mariés qui descendent un escalier... En plus, elles sont aussi en noir et blanc...

C'est peut-être à cause de ça que j'ai voulu les comparer.

– Et les vêtements ? Tu te rappelles comment le docteur et sa femme étaient habillés ?

– Lui, il portait un costume, et elle, une robe courte et un petit chapeau… Mais, c'est ça ! C'est le chapeau qui faisait ancien.

– Ça ne veut rien dire, il y a encore des femmes qui portent des chapeaux pour les mariages.

– En plus, mes parents se sont mariés avec des habits de tous les jours, jeans et baskets. C'est peut-être aussi à cause de leurs tenues que le docteur et sa femme m'ont semblé d'un âge plus avancé.

– C'est vrai, parfois le fait de porter des vêtements habillés peut vieillir.

– Mais elle portait une robe courte, pas du tout de cérémonie, et le chapeau non plus, je dirais même qu'il était plutôt moderne et rigolo… Cependant je ne sais pas pourquoi, mais j'ai l'impression que tout ça s'est passé il y a longtemps… Je me fais peut-être des idées… Mais ce qui est certain, Amparito, c'est que nous n'avons rien, rien de rien.

– Je vais essayer d'en savoir plus auprès de madame María del Carmen… Je ne vois pas quoi faire d'autre.

De retour à la maison, j'ai foncé directement dans la salle à manger pour prendre les photos de famille dans le meuble, rangées dans trois grandes boîtes : albums et photos en vrac. Deux des boîtes contenaient toutes les photos de la famille depuis le départ en exil de mon père et ma mère au Mexique, où est né Juanjo. Ils y sont restés jusqu'au retour de la démocratie en Argentine, Juanjo avait deux ans. Moi, je suis née à Buenos Aires et Javier aussi, un an plus tard. Ces boîtes renfermaient des photos qui reflétaient toute notre vie : anniversaires, vacances, école, fêtes de Noël chez l'oncle Jorge… Ça me fait plaisir de les regarder de temps en temps. Mais ce jour-là j'ai directement pris la troisième boîte, celle des photos anciennes : de l'enfance et de l'adolescence de mon père et ma mère, bien avant qu'ils ne se connaissent ; du temps de la fac quand ils étaient fiancés ; de leur mariage et de leur lune de miel au Machu Picchu. J'ai pris l'album du mariage, de la cérémonie civile. Maman portait un jean avec un chemisier brodé que lui avait offert une amie péruvienne qui étudiait avec elle, une pochette en cuir, du genre qu'on trouve encore aujourd'hui sur les marchés d'artisanat, et des baskets blanches. Papa aussi était en jean, avec des baskets et un tee-shirt foncé. J'ai observé plus spécialement la photo où les témoins signent sur les grands livres blancs, ceux qu'on voit dans tous les mariages, mais je ne sais pas comment on les appelle. Lucía et Andrés étaient les témoins de la cérémonie, c'étaient les meilleurs amis de mes parents à cette époque-là. Je ne les ai pas connus car ils ont disparu pendant la dictature : ils ont été arrêtés en 1976 et on ne les a plus jamais revus. Peu de temps après, mes parents sont partis au Mexique. Andrés était habillé comme papa et Lucía portait une robe, enfin je crois, car Andrés la cachait partiellement et la photo montrait seulement la moitié supérieure des corps. J'ai fouillé dans la boîte pour trouver une prise sur laquelle on pourrait voir Lucía entièrement. Par chance il y en avait une, ils posaient tous les quatre, les mariés et les témoins, devant la porte de la mairie. Papa et maman étaient serrés dans les bras l'un de l'autre, Lucía et Andrés étaient à leurs côtés et prenaient respectivement papa et maman par le bras. Ils étaient tout sourire et avaient l'air heureux. La robe de Lucía lui arrivait presqu'aux genoux. J'avais vu des dizaines de fois cette photo et je ne m'étais jamais rendu compte de cela : ce n'était pas normal qu'une jeune femme au beau milieu des années 1970 s'habille comme une vieille. Il y avait quelque chose qui ne collait pas, j'ai donc décidé d'interroger ma mère dès son retour. Heureusement, elle n'avait pas été surprise de voir que j'avais sorti toutes les photos, elle pensait que c'était une manière de m'occuper pour ne pas m'ennuyer.

– À cette époque-là, la minijupe n'était plus à la mode. C'est seulement quelques années plus tard, dans les années 1980, qu'on a recommencé à en voir partout.

Pas un mot de plus… Maman était pressée car elle était arrivée tard et elle est allée directement dans la cuisine préparer le dîner, mais j'en avais entendu assez ; maintenant je savais ce que je devais faire.

Le lendemain matin, c'était à mon tour de passer l'aspirateur et à celui de Juanjo de faire les courses. Je lui avais proposé d'échanger mais il n'a rien voulu savoir, alors je me suis levée de bonne heure, j'ai aspiré toute la maison de fond en comble, et à 10 heures pile je suis partie telle une fusée à la boutique où j'avais acheté la robe d'Elenita. Je me souvenais parfaitement de la robe et du chapeau de la femme du docteur De Bilbao, donc je me suis mise à chercher d'emblée dans les affaires qui étaient accrochées sur les cintres. J'ai trouvé une robe très semblable : courte, sans manche, sans fioriture hormis les boutons assortis au tissu de la robe et un petit col rond. J'ai aussi réussi à dénicher un petit chapeau presque identique à celui de la photo.

– De quelle époque sont ces vêtements ? ai-je demandé à la vendeuse.

– Milieu des années soixante, style Courrèges. Tu avais essayé quelque chose de ce genre-là quand tu es venue acheter la robe d'organdi. Tu ne t'en souviens pas ?

« Style Courrèges, milieu des années soixante », c'est bien ce que m'avait dit la vendeuse lors de ma première visite. Milieu des années soixante… J'ai commencé à faire des comptes… Maman était encore petite à cette époque-là, et d'après moi la femme du docteur De Bilbao était plus jeune qu'elle… Il y avait quelque chose qui clochait. J'ai remercié la vendeuse de la boutique et je suis sortie.

Ce jour-là, Javier devait faire la cuisine, et chaque fois que c'était son tour nous mangions en retard. Il faisait très chaud, mais comme le ciel était couvert je pouvais marcher sans trop peiner. Je me suis rendue directement à la maison d'Elenita, ou encore la maison de la coupole sans coupole, ou, à plus juste titre, la maison de la tour. Je me suis arrêtée au coin de l'épicerie et je l'ai contemplée. Quelques fenêtres étaient ouvertes et il y avait une benne sur le trottoir de la rue Bolívar ; j'ai traversé la rue et je me suis mise à fouiner un peu : elle était remplie de parpaings cassés, de terre, de carreaux de faïence brisés et de planches… Un ouvrier avec un casque sur la tête et portant deux casiers avec des bouteilles et des morceaux de bois est sorti par une porte entrouverte faite de tôles et de planches et a tout jeté dans le container. J'aurais bien voulu entrer, mais je n'en ai pas eu le courage. J'ai de nouveau traversé la rue jusqu'au coin de l'épicerie et j'ai observé attentivement la tour… et j'ai vu Elenita, celle de la photo qu'Amparito gardait soigneusement dans sa boîte. Une jeune fille de mon âge au regard triste qui un beau jour avait été jetée dans le vide du haut d'une tour, de cette tour, et qui était morte, écrasée sur le trottoir. Le klaxon strident du bus 29, qui descendait à toute vitesse la rue Bolívar, m'a fait reprendre mes esprits. Mes délires avaient assez duré, il était temps d'y mettre un terme… Je suis rentrée à la maison.

14

Javier s'attendait toujours à être applaudi longuement par toute la famille quand il était aux fourneaux. Il faut reconnaître qu'il cuisinait divinement, si on admet que Dieu existe et qu'en plus il soit bon cuisinier. C'était vraiment très pénible de le reconnaître. S'il faisait preuve d'un peu de modestie, ça passerait mieux, mais Javier, par principe, doit toujours briller partout. Le pire, c'est qu'il y arrive ; il surpasse même Juanjo, qui est déjà presque parfait. Par exemple, les escalopes milanaises de Javier sont meilleures que celles de ma mère. Tout le monde le lui dit, sauf moi, et je me suis bien juré de ne jamais le lui avouer tant qu'il se moquerait de mes résultats scolaires, en particulier de mon inaptitude en maths.

Lorsque je suis arrivée à la maison, il était pendu au téléphone avec maman. Il se plaignait que j'avais disparu toute la matinée et que je n'avais même pas mis la table (ce qui faisait partie de ma tâche du jour : mettre la table et la débarrasser, ensuite essuyer la vaisselle après que Juanjo l'avait lavée), et lui, pauvre petit, il avait préparé un poulet à la portugaise, le meilleur des meilleurs, et de surcroît il avait dû mettre le couvert alors que « celle-là (bien entendu il s'agissait de moi) vient d'arriver juste à temps pour se mettre les pieds sous la table ». Sans perdre une minute, à l'autre bout du fil, la maman-juge a émis son verdict : le lendemain, alors que je devais préparer le repas et mon frère faire la vaisselle, maintenant j'écoperais et de la cuisine et de la plonge. La justice était un point primordial pour maman, au grand bonheur de mon frère Javier. Je n'ai rien répliqué, je suis partie dans la cuisine, je me suis servi les deux cuisses du poulet, morceaux préférés de Javier, et j'ai commencé à manger avec un air de dégoût. Le poulet à la portugaise de Javier était le meilleur mets que j'avais savouré depuis longtemps, mais je me suis bien gardée de le dire.

Une fois la vaisselle finie – les garçons étaient déjà partis –, j'ai appelé Amparito mais elle n'était pas là. La réceptionniste m'a dit qu'elle se trouvait au Club des retraités.

J'y suis arrivée vers 16 heures. Deux retraités assis près de la fenêtre jouaient aux échecs. Je suis allée directement dans la cour du fond ; Rosa était là, dans sa chaise roulante, en train de griffer la terre d'un hortensia ; Amparito lavait le carrelage à grande eau avec le tuyau d'arrosage. Sa chevelure rousse ressortait sur le fond vert formé par des *Eragrostis pectinaceas*, aussi appelées « herbes amoureuses », qui poussaient contre le mur. On aurait dit une fleur qui vient d'éclore. Rosa m'a vue la première.

– Ça alors, ma grande, quelle surprise !

Amparito s'est retournée, tout souriait en elle : ses yeux, sa bouche et même les fossettes de ses joues.

– Si tu es venue jusqu'ici, c'est parce que tu as découvert quelque chose, me dit-elle.

Je n'avais rien trouvé de nouveau mais j'avais des doutes que je leur ai exposés.

– Quand j'ai vu l'amie de mes parents sur la photo du mariage, avec une robe qui descendait presque jusqu'aux genoux, je n'ai rien compris. Je croyais que l'usage de la minijupe était resté à la mode depuis les années soixante-dix, mais maman m'avait expliqué que lorsqu'elle s'était mariée ce n'était plus le cas. Donc on se situe à peu près en 1975 ou 1976, et si je ne me trompe pas la minijupe est réapparue dans les années quatre-vingt. Conclusion : le docteur De Bilbao s'est marié avant mes parents ou beaucoup plus tard...

Rosa et Amparito me regardaient toutes les deux avec les yeux mi-clos et en fronçant les sourcils. On aurait dit qu'elles s'étaient mises d'accord. J'ai continué mes déductions :

– Plus tard, je ne crois pas... non, impossible, le docteur s'est forcément marié avant mes parents, et pas mal de temps avant, j'en suis sûre à cause de la robe. Je suis retournée à la boutique qui vend des vêtements d'occasion, celle où j'ai acheté la robe d'Elenita. Il y avait deux robes semblables à celle de la photo, et la vendeuse m'a certifié qu'elles étaient du style Courrèges qui se portait dans les années soixante.

– Et quelle importance ça peut avoir que le docteur se soit marié avant ou après tes parents ? Je ne vois pas où tu veux en venir, a articulé Rosa.

– La femme du docteur De Bilbao, a repris Amparito, qui n'avait pas perdu une miette de ce que je disais sans pour autant cesser de laver la cour, si Inés ne s'est pas trompée, devrait avoir à peu près le même âge que sa mère, on pourrait dire entre quarante et quarante-cinq ans.

– Ce qui veut dire que dans les années soixante,

ai-je continué, c'était encore une gamine ; pourtant la femme qui est sur la photo, qui est celle que j'ai vue à la maison de retraite, n'avait rien d'une petite fille.

– Je ne comprends toujours rien, dit Rosa. Comment peux-tu être certaine qu'il s'agit de la même personne ?

– Parce qu'elles sont pareilles…

– C'est impossible ! Après tant de temps…

– C'est une façon de parler… elles sont presque identiques, on reconnaît très bien que c'est la même personne. Bien que ce soit incroyable qu'elle semble toujours aussi jeune malgré les années passées.

– Non, non, c'est invraisemblable, a insisté Rosa. Quel âge aurait cette femme si vous avez raison ?

– Elle aurait plus de soixante ans. Pourquoi ça ne serait pas possible ? a rétorqué Amparito, qui avait fini de nettoyer la cour et qui maintenant enroulait le tuyau d'arrosage. Vous êtes un peu hors du coup toutes les deux. Que peut faire une femme de soixante ans qui veut en paraître quarante ? C'est pourtant simple, s'est-elle empressée de répondre, c'est très simple : pour avoir l'air plus jeune que son âge, une femme fait de la chirurgie esthétique, si elle a les moyens, bien sûr.

– Et celle-là, elle n'en manque pas, a conclu Rosa.

Nous sommes restées toutes les trois muettes. Amparito est partie un instant pour ranger le tuyau et le balai, mais elle est revenue aussitôt. Rosa a fait rouler son fauteuil jusqu'à l'autre bout de la cour et s'est mise à retourner la terre des azalées.

– J'aimerais bien vérifier certains détails, ma petite. Mais je ne peux pas maintenant car j'ai trop de choses à faire. Dans quelques instants j'ai une réunion avec les retraités – on est en train d'organiser une manifestation, tu sais ? Je t'appellerai demain ou après-demain, me dit-elle tout en me faisant une bise pour bien me signifier qu'elle prenait congé. Maintenant je dois aller me changer, les gens vont commencer à arriver.

Elle avait l'air inquiète, je crois bien, ou trop sérieuse peut-être. Organiser une manifestation n'était pas une bagatelle. J'ai pris congé de Rosa et je suis partie. Les petits vieux qui étaient assis près de la fenêtre jouaient encore aux échecs.

15

Les deux jours qui ont suivi ma visite au Club des retraités, Amparito ne m'a donné aucun signe de vie. Je ne l'ai pas appelée non plus par peur de la déranger. Elle devait être tellement occupée par l'organisation de sa manif. Le troisième jour, j'ai reçu un coup de fil à 8 heures du matin. Mes parents étaient déjà partis travailler, et les garçons et moi, nous dormions encore. J'ai bien entendu le téléphone sonner mais je ne me suis pas levée, j'ai laissé le répondeur se déclencher. Mais en entendant la voix d'Amparito, j'ai fait un bond et je suis allée décrocher. Mes frères n'ont même pas bronché.

– J'ai trouvé quelque chose, ma petite. Si tu pouvais venir tout de suite, on pourrait se voir, j'ai un trou, après je me mets au ménage jusqu'à midi. Dépêche-toi.

Heureusement, ce jour-là, c'était mon tour de faire les courses, j'ai donc laissé un petit mot avec le détail de mes allées et venues afin qu'ils se rendent bien compte que j'allais être occupée la matinée entière : j'irais acheter les fruits et les légumes au marché de San Telmo, la viande à la foire de la Constitución et le reste au supermarché de Barracas. Avec le prétexte des achats aux meilleurs prix, je me réservais assez de temps pour parler tranquillement avec Amparito, sans supporter les éternels reproches d'avoir traîné. Au final, je ferais toutes les courses au même endroit pour rattraper le temps perdu.

J'ai mis une vingtaine de minutes pour arriver au Rawson. Amparito m'attendait chez elle, assise devant la table avec le maté, la boîte des photos et celle du thé avec les Chinoises décolorées.

– J'ai longuement réfléchi, j'ai fait le tour de tout ce que nous avons et j'en ai tiré une conclusion ; mais avant de te révéler ce que j'ai déduit, j'ai besoin que tu me refasses une description détaillée de la femme du docteur De Bilbao.

– Elle est grande, mince, élégante, blonde, avec de grands yeux gris... Très belle... Un peu raide, comme une statue, mais une vraie beauté.

– Maintenant, un autre retour en arrière, souviens-toi de la lettre qui t'a été envoyée d'Espagne par la femme qui avait acheté la robe d'Elenita. Comment décrit-elle la personne qui était dans la maison le jour des enchères ?

– Elle disait que c'était une femme très élégante…

– Maintenant, je veux que tu regardes à nouveau ce cliché, m'a-t-elle demandé en me montrant une photo avec María del Carmen et Elenita. Dis-moi si l'épouse du docteur De Bilbao ressemble à María del Carmen.

J'ai examiné la photo en pensant qu'Amparito n'était pas dans son assiette. Organiser une manifestation devant le Congrès pouvait perturber un peu, mais quand même pas à ce point-là ; ses suggestions étaient aberrantes…

– Ça ne tient pas la route, Amparito.

– Pourquoi pas ? Observe bien.

– Qu'est-ce que tu veux que je regarde ? On ne voit rien… seulement une partie de visage qui sourit, à moitié caché par une frange horrible (là, je me suis mordu la langue !), et un chapeau avec des roses qui lui arrivent jusqu'au cou… On devine plus qu'on ne voit.

– C'est elle, j'en suis certaine. J'ai commencé à avoir des soupçons l'autre jour quand tu as parlé des photos, des vêtements et de la différence d'âge. Elle a assurément dépassé les soixante ans, et sans le moindre doute avec plusieurs chirurgies esthétiques à son actif.

– Je ne crois pas que ce soit un simple fait du hasard. Comment ça pourrait être justement elle ?

– Tout colle à la perfection, ma petite. Ils étaient déjà amants quand ils ont planifié d'assassiner don Emilio. Tu comprends ? C'est très plausible que tout ait commencé comme ça. D'abord on trompe le mari, ensuite on s'en débarrasse pour empocher sa fortune, et s'il y a une embûche quelconque, on l'élimine aussi quitte à tuer quelqu'un d'autre si nécessaire. Il y avait beaucoup trop d'argent en jeu pour prendre des risques. Malu et Elenita sont mortes pour que personne ne puisse rien suspecter. Plus les assassins étaient unis entre eux, plus ils avaient de possibilités de mener à bien leur projet. Tu comprends ?

– Bien sûr, mais c'est quand même bougrement tarabiscoté. Ça me paraît tellement incroyable de retrouver ces deux-là, le docteur et la belle-mère d'Elenita, ensemble après autant de temps, et curieusement, tellement évident à la fois.

– María De Bilbao… pardon : « Madame la directrice María De Bilbao », a récité Amparito, est en fait María del Carmen Lima.

– Et pourquoi María tout court et pas María del Carmen ? Pourquoi avoir pris le nom de son mari au lieu de garder le sien propre, comme c'est la coutume dans ce pays ? Je persistais avec mes doutes.

– María est un prénom à la mode, tandis que María del Carmen est plutôt dépassé. María tout court est plus facile à porter. De plus, si elle voulait paraître plus jeune à coups de bistouri, pourquoi ne pas le faire aussi avec son prénom ? Quant au nom de son mari, « De Bilbao », cela lui donne bien plus de prestige. Tu ne dois pas oublier qu'avant elle le docteur De Bilbao était le directeur de la maison de retraite. Ce n'est pas un détail insignifiant : porter le nom de famille du fondateur donne à la directrice plus de prestance que « Lima », qui n'évoque rien à personne.

Tout semblait cohérent, à tel point que cela me laissait une part d'incertitude. C'était trop logique. J'ai dit à Amparito que j'avais des doutes mais que je ne rejetais pas sa théorie, et je lui ai posé la question qui devait aussi lui trotter dans la tête :

– Et alors qu'est-ce qu'on fait ?

– On en reparle demain, maintenant je dois aller travailler, et cet après-midi j'ai une réunion avec les retraités pour la manifestation, tu te rappelles ?

En sortant du Rawson, je suis passée par la foire de la plaza Constitución pour faire toutes les courses inscrites sur ma liste. C'était au tour de Juanjo de cuisiner et j'avais intérêt à arriver de bonne heure. Mon frère aîné est un vrai maniaque des horaires et aussi mouchard que l'autre. Donc, pour éviter qu'il cafarde des bêtises à ma mère si je me pointais en retard, je me suis dépêchée mais, dans la presse, j'ai oublié d'acheter les travers de porc. J'avais pourtant bien regardé la liste!... Ça posait un gros problème, car le menu du jour était justement travers de porc braisés au four avec des frites. Quand je suis arrivée à la maison, Juanjo avait déjà épluché les pommes de terre et il venait d'allumer le four. J'avais à peine mis un pied dans la cuisine qu'il m'a demandé la viande, et c'est à cet instant précis que je me suis souvenue que je ne l'avais pas achetée. Conclusion, je suis repartie à toute allure chez le boucher le plus proche, et lorsque je suis revenue, bien entendu, Juanjo était pendu au téléphone à se plaindre à maman pour ne pas changer... bla bla bla...

16

Le lendemain, Amparito a de nouveau appelé de bonne heure et la scène de la veille s'est répétée : papa et maman étaient déjà partis travailler, mes frères et moi dormions quand le téléphone a sonné. Personne n'a bougé, le répondeur s'est déclenché et j'ai couru décrocher quand j'ai entendu la voix d'Amparito. Elle voulait me dire que mon histoire touchait à sa fin et qu'il fallait l'achever une fois pour toutes. Elle m'a demandé de venir au Rawson dans l'après-midi pour qu'on décide de comment y mettre un terme et ainsi consacrer notre temps à autre chose. Elle m'a semblé nerveuse mais je ne lui ai rien dit car je me trompais peut-être.

Le dénouement, ai-je pensé, c'est la seule chose qui nous manque. J'ai alors trouvé que toute cette histoire était comme un roman ennuyeux. Au début, tout était très intéressant, je dirais même excitant : la découverte de la lettre, de la maison, surtout la rencontre avec Amparito, ensuite les recherches dans les journaux avec l'apparition du cadavre du Riachuelo, mais d'un seul coup, plus rien, tout est resté en suspens, et maintenant on devait se résoudre à un épilogue sans intérêt. Je ne savais pas au juste ce qu'avait prévu Amparito mais j'avais une vague idée.

Je suis arrivée au Rawson à 17 h 30 avec le traditionnel paquet de pains au lait ; plus exactement, cette fois-ci, avec deux paquets : un pour les petits vieux du banc et un autre pour Amparitio et moi. Amparito était assise à l'ombre sous le tilleul avec le maté. Elle avait fini son ménage, elle aurait juste à donner un coup de main dans les cuisines au moment du dîner s'il ne survenait pas d'autres imprévus pour satisfaire les besoins des pensionnaires : s'il fallait faire prendre un médicament à une heure précise, Amparito se précipitait ; et s'il fallait convaincre un grincheux braillard qui préférait rester dehors à l'heure du coucher, qui devait se charger de l'amadouer ? : Amparito. Je m'étais à peine assise sur la chaise longue qu'elle m'avait déjà tendu le maté et avait commencé à me parler de la manifestation qu'elle préparait avec les retraités et aussi des précédentes. Elle se demandait en soupirant à quoi tout ça servait et si tant d'efforts valaient la peine. Elle s'est mise à regarder tour à tour la cime du tilleul, son petit jardin potager où voisinaient agréablement les tomates, les courgettes avec les belles de jour bleues, les pensées et les marguerites, ensuite les petits vieux qui étaient assis sur le banc, avec le paquet de pains au lait placé entre eux deux, qui faisaient signe à un autre pensionnaire de venir les rejoindre pour partager leur goûter, puis Amparito a détourné son regard bien au-delà de la cime du tilleul et a dit :

– Il vaut mieux que cela serve à quelque chose, car je vais continuer.

La proposition d'Amparito pour conclure notre affaire, comme elle l'appelait, était bien ce que j'avais pensé. Il est vrai que lorsqu'on connaissait toute l'histoire, il n'y avait pas d'autre issue possible. On ne pouvait rien prétendre de plus. On n'avait pas le choix, il fallait admettre ce dénouement décevant.

Après avoir discuté un bon moment, nous avons finalement décidé que nous irions dans les prochains jours à la maison de retraite de Beccar pour affronter directement la femme du docteur : María del Carmen Lima, sans aucun doute possible pour Amparito et pour ma part avec encore certaines réserves, mais de plus en plus convaincue. À ce moment précis, nous avons choisi de considérer pour acquis que María De Bilbao était effectivement María Lima et nous étions aussi d'accord sur le fait qu'il était totalement impossible de l'accuser officiellement, pas plus que son mari et son frère, d'avoir commis trois crimes il y a plus de quarante ans. En effet, le père d'Elenita était déjà très malade et son décès n'avait surpris personne à l'époque ; pour la mort d'Elenita, tout le monde était persuadé qu'elle s'était suicidée ; et quant à Malu, c'était encore pire, elle est devenue une anonyme, l'inconnue du Riachuelo, le corps que personne n'avait jamais réclamé. Pouvions-nous vraiment faire quelque chose de plus qu'affronter la directrice et lui révéler que nous connaissions la terrible vérité grâce à une lettre désespérée qu'Elenita avait envoyée à Malu, cachée dans l'ourlet d'une robe ? Au moins elle saurait que nous étions au courant et que leur secret avait été découvert.

J'étais sur le point de demander à Amparito à quoi rimait de faire tout ça, mais elle a répondu à ma question avant même que je la pose.

– C'est la seule chose que l'on puisse faire, ma petite, et pour moi c'est très important qu'on le fasse. J'ai travaillé longtemps dans cette maison, je pensais bien connaître cette femme, je croyais qu'elle était bonne, et maintenant j'ai découvert sa vraie nature. Je dois absolument lui dire en face que je sais que c'est un monstre. C'est tout.

Elle est restée figée un moment avec le maté dans les mains, nos regards se sont croisés, ses beaux yeux dorés fixaient les miens, elle avait l'air fatigué, et elle a continué :

– Mais tu n'es pas obligée de venir avec moi, je peux y aller toute seule, c'est une affaire personnelle, tu n'as pas besoin de t'en mêler.

Qui pouvait dire que ce n'était pas aussi mon problème ? Alors que depuis le premier instant j'ai eu la sensation qu'Elenita m'avait écrit à moi. De la folie ou des fantasmes ? Je n'en sais rien, peut-être que mes frères avaient finalement raison, que ma passion pour les séries télé ou pour les films d'intrigue me détournait de la réalité des choses. Vrai ou faux ? Cela m'était égal, mais ce qui était clair et net, c'est que cette affaire me concernait aussi.

17

Nous sommes arrivées à la gare de Beccar à 10 heures du matin. Il pleuviotait, mais nous n'avons pas eu besoin d'ouvrir le parapluie qu'Amparito, très prévoyante, avait emporté après avoir constaté l'état nuageux du ciel. Durant le parcours en métro, nous nous étions à peine parlé, puis nous avons marché jusqu'à la maison de retraite sans échanger un mot. Je n'étais pas vraiment surprise, car Amparito avait un air très sérieux, ses yeux paraissaient ridés et son regard fixait un point qu'elle seule pouvait voir.

La grille était ouverte, on a traversé tout le jardin sans voir personne, pas le moindre résident en vue, la pluie devait être dissuasive. Une fois sur le seuil de la belle demeure, nous avons appuyé sur la sonnette et nous avons attendu patiemment que quelqu'un vienne nous ouvrir, ce qui n'a pas tardé.

– Oui, a simplement dit le monsieur Muscles pour nous saluer.

– Bonjour, a répondu Amparito en accentuant le mot afin qu'il comprenne bien qu'elle, elle le saluait. Nous désirons parler à madame De Bilbao.

– Elle n'est pas là, a-t-il rétorqué avec un regard en coin à mon attention. Si vous voulez qu'elle vous reçoive, vous devez prendre rendez-vous au préalable par téléphone.

– À quelle heure reviendra-t-elle ? a insisté Amparito, passant outre les démarches préconisées.

– Je viens de vous dire que vous deviez prendre rendez-vous, non ? a répondu le grand gaillard d'un ton peu aimable.

– Écoutez, monsieur, le motif de ma visite est d'une extrême importance, a-t-elle déclaré en haussant la voix, j'ai très bien entendu ce que vous m'avez dit, mais je dois absolument la voir aujourd'hui sans faute, donc faites-moi le plaisir de me renseigner sur son heure de retour.

– Je n'en sais rien, a-t-il lancé, ouvertement odieux et désobligeant. Je vous conseille d'appeler, au revoir.

Et il nous a refermé la porte au nez, sans autre forme de procès.

Amparito n'est pas le genre de femme qui se laisse facilement intimider par un simple gardien de sécurité, et moi non plus d'ailleurs. Nous nous sommes donc assises sur un banc, juste à côté de la grille, nous avons ouvert le parapluie car la bruine avait fait place à une pluie assez intense. De là, nous pouvions parfaitement surveiller toutes les allées et venues de la maison et de ses alentours. Amparito était franchement impressionnée.

– Les familles des petits vieux doivent payer une vraie fortune pour le maintien de leurs parents dans cette maison de retraite. Tu sais combien peut coûter ce super-luxe ?

– Non, je n'en ai pas la moindre idée. Mais je ne crois pas que les pensionnaires d'ici se sentent mieux que les tiens au Rawson. Ils ont tous l'air triste.

– Et quelle autre tête peuvent-ils avoir ? Ils sont conscients qu'une fois qu'ils entrent dans le mouroir ils ne pourront en sortir que les pieds devant.

– Le mouroir ?

– Oui, que crois-tu qu'est une maison de retraite ?

Il pleuvait maintenant dru et nous nous mouillions les pieds. Il nous fallait sans faute un abri plus efficace que les parapluies. Nous avons décidé de nous réfugier sous le grand auvent qui se trouvait à une extrémité de la demeure et suffisamment éloigné de la porte d'entrée pour que nous n'ayons pas à subir les foudres de l'athlète, mais qui nous permettait de maintenir notre surveillance. Amparito et moi avons eu à peine le temps de nous y abriter qu'une voiture a franchi la grille, la même voiture blanche avec des vitres teintées que j'avais vue lors de ma première visite.

– Ce doit être elle, ai-je dit à Amparito, c'est sa voiture.

Amparito est partie en courant avec son parapluie sans même me laisser le temps de finir ma phrase. Je l'ai suivie sans réfléchir et je me suis trempée jusqu'aux os. Amparito n'a pas eu de chance car monsieur Muscles a été plus rapide. Vu comme il a surgi de la maison, parapluie en main, pour courir à la voiture, ouvrir la porte à Madame et l'accompagner jusqu'au seuil de l'entrée, il devait nous avoir épiées et avoir calculé d'avance le temps dont il avait besoin pour arriver jusqu'à sa patronne et la prévenir avant que nous nous approchions d'elle. Il avait réussi son coup car Amparito est arrivée à la porte d'entrée juste au moment où le gorille la refermait d'un grand coup.

Loin de s'avouer vaincue, Amparito a appuyé sur

le bouton de la sonnerie et a laissé son doigt posé dessus tandis qu'elle insultait à voix basse le cher homme. Je suis arrivée juste à ce moment-là, trempée comme une soupe.

– Ça t'apprendra à sortir sans parapluie quand le ciel est couvert, m'a dit Amparito en me regardant des pieds à la tête, visiblement en colère et sans lever son doigt de la sonnerie.

Je ne sais pas si elle se moquait de moi ou si elle me parlait sérieusement, mais dans le doute j'ai préféré ne pas lui demander. Quelques minutes plus tard, alors qu'Amparito continuait de pester à voix basse, la porte s'est ouverte.

– Madame De Bilbao va vous recevoir, a annoncé monsieur Muscles.

Sans même oser dire un mot, Amparito et moi sommes entrées, je dégoulinais de partout comme son parapluie. Monsieur Aimable nous regardait telles deux bestioles répugnantes et, d'un geste autoritaire, il a désigné le porte-parapluies à Amparito. Les mots n'étaient pas nécessaires pour comprendre ses ordres. Amparito a obéi et déposé son parapluie où il lui avait indiqué. J'étais persuadée que monsieur Muscles traitait de la même manière les petits vieux internés. C'était un geôlier. Moi, il m'a regardée avec un air de profond dégoût mais sans dire un mot ni faire un geste. Bien que je sois certaine qu'il a pensé un instant me mettre dans le porte-parapluies. Enfin il est parti en nous laissant plantées là toutes seules dans le hall. Amparito et moi nous sommes regardées sans échanger un mot. Nous n'allions pas du tout avec le décor, tout était impeccable, si blanc et tellement raffiné ; moi j'étais trempée de la tête aux pieds, mes chaussures étaient couvertes de boue, je ressemblais à une bohémienne ; Amparito, avec son pantalon bleu électrique, son chemisier à impressions jaunes et violettes et sa chevelure rousse, c'était toute une explosion de couleurs au milieu d'une telle blancheur, un vrai feu d'artifice. Notre seule présence était une offense à l'élégance des lieux. Amparito et moi nous sommes de nouveau regardées et je crois qu'elle pensait comme moi car elle a haussé les épaules et les sourcils comme pour dire : « C'est comme ça, on ne peut rien y faire », et c'est à ce moment-là que la porte du bureau de madame De Bilbao s'est ouverte.

– Vous désiriez me voir, n'est-ce pas ? Entrez s'il vous plaît.

J'ai tout suite fait un pas en avant mais je me suis rendu compte qu'Amparito n'avait pas bougé. Elle était restée figée. J'ai dû la prendre par le bras et l'entraîner discrètement jusqu'à la porte. Elle s'est vite ressaisie, a avancé directement jusqu'au bureau et s'est assise sur une des chaises. Madame De Bilbao a pris place elle aussi, mais sur un fauteuil pivotant juste en face d'Amparito. Moi, j'ai préféré rester debout, car si je m'asseyais j'allais abîmer la tapisserie des chaises. Personne ne semblait remarquer ma présence. J'ai commencé à ressentir des tremblements, je me suis frotté les bras pour me réchauffer et la femme du docteur s'en est aperçue.

– Bon, je crois qu'avant que vous m'expliquiez les raisons de votre visite, vous allez devoir vous changer, m'a-t-elle dit avec un air de compassion.

J'étais à deux doigts de répondre que ce n'était pas grave, que j'étais bien comme ça, quand je me suis mise à éternuer. Madame De Bilbao a appuyé sur une sonnette et elle m'a désigné une porte sur sa droite.

– C'est ma salle de bains, dans une corbeille vous trouverez des peignoirs, prenez-en un et mettez-le. Je viens d'appeler une femme de service, elle va venir chercher vos affaires pour les sécher.

J'ai dû faire une moue qui trahissait ma méfiance, ou pire encore, car elle s'est sentie obligée de me rassurer.

– Ne vous inquiétez pas, vos affaires seront sèches en un rien de temps, nous avons une laverie bien équipée avec plusieurs sèche-linge.

On a entendu un coup à la porte, suivi d'un « entrez » et d'un « pardon, excusez-moi », et j'ai filé à la salle de bains. J'ai enlevé mon pantalon et mon tee-shirt ; ensuite j'ai entrouvert la porte pour les tendre à la femme de service. Au même moment, le téléphone a sonné et j'ai entendu madame De Bilbao répondre. J'essayais d'imaginer la tête d'Amparito en train de regarder tout ce qu'il y avait autour d'elle pendant que la femme du docteur était au téléphone. La salle de bains était grande, confortable, luxueuse, toute blanche bien entendu. Tout était blanc et reluisant. Le sol était en marbre translucide avec de très pâles nervures orangées. Sur un pan de mur, il y avait une fenêtre avec des rideaux en dentelle à volants, et, juste au-dessous, une table peinte en blanc recouverte de pots de fleurs remplis de violettes africaines qui allaient du violet vif au rose très pâle. C'était la seule note de couleur au milieu de tout ce blanc, mis à part les nervures orangées du sol. La corbeille en osier, laquée en blanc, parée d'une bordure en dentelle et de volants assortis aux rideaux, se trouvait dans un coin de la salle de bains. J'avais à peine soulevé le couvercle de la corbeille que j'ai senti une douce mais intense odeur de lavande. J'ai pris un peignoir (il y en avait quatre parfaitement pliés et rangés les uns sur les autres à côté d'une pile de serviettes de toilette), je l'ai enfilé et je me suis dépêchée de sortir car je ne voulais pas rater la conversation entre madame De Bilbao et Amparito.

Je n'avais rien perdu, car lorsque je suis arrivée devant le bureau et que je me suis assise à côté d'Amparito, madame De Bilbao venait juste de commencer à parler. Elle s'est excusée de nous avoir fait attendre et nous a expliqué qu'une personne très âgée (elle n'a pas utilisé le mot « vieille » mais « très âgée ») était sur le point d'être admise et qu'elle devait finir la paperasse pour son admission avec la famille. Après les excuses et les explications, elle a prononcé la phrase de rigueur :

– Et maintenant, je vous écoute…

Amparito était restée muette et ne la lâchait pas du regard.

María De Bilbao nous a fixées tour à tour, tout d'abord Amparito et ensuite moi. Lorsque ses yeux se sont posés sur moi, j'ai commencé à parler. Je n'en avais pas la moindre intention au départ mais devant le mutisme d'Amparito et l'attitude sereine et hautaine de cette femme qui semblait exiger sans prononcer un mot, je m'y suis sentie obligée.

– C'est à propos de l'article que je suis en train d'écrire, vous vous rappelez ? Eh bien, Amparito a travaillé comme femme de service dans cette maison et elle m'a rapporté pas mal de faits dont nous aimerions bien parler avec vous.

Pendant que je parlais à la directrice, Amparito ne l'avait pas quittée des yeux. María De Bilbao ne regardait que moi, mais maintenant que je m'étais tue elle ne pouvait plus éviter le regard pesant d'Amparito ; moi je les observais toutes les deux.

– Ça fait plus de quarante ans que j'ai servi dans cette maison, on l'appelait la « demeure ». Je parle bien entendu de la maison qui est au coin des rues Caseros et Bolívar. Elena, son père et sa belle-mère y habitaient… Comme dans les contes pour enfants, le frère de la belle-mère logeait aussi sous le même toit. Le père d'Elena était très souffrant et il est décédé ; la pauvre petite Elenita était plutôt fragile et nerveuse, elle n'a pas supporté sa disparition et s'est suicidée en se jetant du haut de la tour. La maison en question a une tour qui dans le temps était recouverte par une coupole qui est tombée un jour d'orage et depuis la tour est restée comme ça, sans toit. Malgré les années passées, je me souviens du cri d'Elenita, de ce cri rauque, douloureux arraché du plus profond de ses entrailles…

Amparito a fait une pause, les traits du visage de María De Bilbao s'étaient durcis et figés. Son visage était comme un masque, les mouvements de ses yeux étaient les seuls signes de vie qui l'animaient. Ses yeux clairs avaient un regard froid, dépourvu d'expression mais ses paupières clignaient…

– Le temps a passé, a continué Amparito, de nombreuses années se sont écoulées (nouveau temps d'arrêt) et j'apprends que finalement les faits ne se sont pas déroulés comme ça. C'est là qu'Inés entre en scène, a-t-elle dit en me montrant du doigt mais sans détourner son regard de María De Bilbao, Inés et une lettre. Une lettre cachée dans l'ourlet d'une robe d'organdi jaune qu'Inés a achetée dans une boutique qui vend des vêtements de seconde main. Voici la lettre, je vous prie de la lire s'il vous plaît, a-t-elle ajouté en la lui tendant après l'avoir sortie de son sac.

María De Bilbao a lu la lettre, et plus d'une fois d'ailleurs car j'ai pu suivre les mouvements de ses yeux qui une fois arrivés au bas de la page remontaient tout en haut. Ensuite elle a déposé la lettre sur son bureau et s'est mise à regarder Amparito. Son visage était toujours aussi impassible, son regard avait l'air plus froid et plus lointain. J'ai observé ses mains posées sur la lettre ; elles étaient tellement pâles, translucides, exsangues que je les ai imaginées glacées.

– Je ne comprends pas, a-t-elle à peine murmuré.

– C'est pourtant bien facile, a affirmé Amparito, c'est une lettre écrite par une fille désespérée qui vient de voir confirmer ses doutes. Elle sait qu'on est en train d'empoisonner son père, elle en fait part à une amie et lui demande son aide. Elle veut que Malu parle avec le médecin pour lui expliquer ce qu'elle vient de découvrir, mais Elena ne savait pas que le docteur, sa belle-mère et son frère étaient complices et que Malu ne recevrait jamais cette lettre. Le docteur avait fait le nécessaire personnellement ou avait payé quelqu'un pour qu'il en soit ainsi. Malu a disparu car elle en savait trop, elle avait déjà parlé avec le docteur à la demande d'Elena, c'est très bien expliqué dans la lettre. Vivante, Malu était trop dangereuse, tôt ou tard elle serait allée voir la police. Les assassins ne pouvaient pas prendre ce risque. Comme par hasard, peu de temps après, un cadavre est apparu dans le Riachuelo que personne n'a jamais réclamé. Le corps d'une femme jeune qui, selon la description faite dans les journaux, avait les mêmes caractéristiques physiques que Malu, mais ce corps n'a jamais été identifié par personne. Malu était une fille seule, sans famille, qui travaillait chez elle. Qui allait se préoccuper d'elle ? Elenita peut-être ? Oui, certainement, elle l'aurait fait, mais elle n'en a pas eu non plus la possibilité car on l'a tuée aussi. Vous pouvez comprendre qu'avec tous ces faits, on ne peut plus croire la version du suicide.

Amparito s'est tue, elle regardait d'un air provocant et la tête haute la femme au masque. María De Bilbao a saisi la lettre très doucement, comme si elle avait peur qu'elle se déchire, elle l'a pliée en deux et l'a rendue à Amparito, après quoi, appuyant ses coudes sur le bureau, elle a joint ses deux mains en croisant les doigts comme si elle allait prier. Je me suis concentrée sur ses mains : elles étaient pratiquement diaphanes, d'une blancheur maladive, et avec toutes les veines saillantes. Je me suis souvenue que ma grand-mère disait à ce sujet que l'on pouvait déterminer l'âge d'une personne en fonction de ses mains. Cela serait-il vrai ?

– Je ne comprends toujours pas, a repris madame De Bilbao avec un air très grave.

– Je vous répète qu'il n'y a pas grand-chose à comprendre. L'histoire est facile à résumer : un homme,

Emilio Echeverría, possède une immense fortune. Il est veuf et père d'une fille unique, Elena. Une jeune femme ambitieuse se marie avec le veuf. Cette femme a un frère et tous deux planifient l'assassinat du millionnaire, mais ils ont besoin de l'aide d'un docteur. Le médecin de famille est le candidat idéal. Tous les trois – la femme, son frère et le médecin – empoisonnent petit à petit don Emilio et justifient sa mort comme la conséquence inévitable d'une longue et pénible maladie. Ensuite ils tuent sa fille en simulant un suicide et, pour finir, éliminent la seule personne qui en savait trop et pouvait leur nuire : Malu, l'amie d'Elenita. Résultat : l'épouse, le frère et le médecin sont à la tête de la fortune, mais ils doivent être prudents et ne pas éveiller les soupçons. C'est pour cela que le docteur va s'installer à Mar del Plata, et un peu plus tard il se marie, selon les rumeurs, avec sa secrétaire. Mais c'est faux, complètement faux, le docteur s'est effectivement marié mais pas avec sa secrétaire, il s'est marié avec María del Carmen Lima, la veuve de don Emilio, c'est-à-dire avec vous ! María…

Le visage de madame De Bilbao est devenu encore plus blême, en revanche celui d'Amparito était rouge comme une tomate. Les lèvres d'Amparito tremblaient tandis que María était restée complètement figée, pétrifiée, comme une statue.

– Je ne comprends pas, dit-elle dans un murmure.

– Vous savez très bien de quoi je parle, a répliqué Amparito.

– Je m'appelle María Fernández, j'ai pris le nom de mon mari pour… a-t-elle continué en bégayant, car le mien est trop courant.

– Parfait, donc vous ne verrez aucun inconvénient à me montrer vos papiers…

– Vous ne pouvez pas mettre ma parole en doute, a répondu « la statue » à voix basse, alors qu'il aurait été normal qu'elle soit hors d'elle devant l'attitude policière d'Amparito.

– Et pourquoi pas, si je n'ai aucun motif pour vous croire… Si vous ne me montrez pas vos papiers, je n'aurai aucun mal à faire découvrir votre vrai nom, car même si vous le niez, je sais parfaitement que vous êtes María del Carmen Lima.

À ce moment-là, la femme s'est mise à trembler d'une drôle de manière : d'abord elle a secoué plusieurs fois ses épaules puis sa poitrine. Puis elle a baissé la tête, s'est pliée en deux sur le bureau et a commencé à gémir. Lorsqu'elle s'est relevée, quelques larmes glissaient sur ses joues.

– D'accord, dit-elle en soupirant, je vais vous dire toute la vérité. Je suis bien María del Carmen Lima, et je vous demande pardon, Amparito. (Ses yeux gris, encore humides à cause des larmes récentes, lançaient à Amparito un regard glacial.) J'ai été obligée de mentir et, en souvenir du temps passé, je vous réitère mes excuses et vous prie de bien vouloir me croire. Je ne suis pas aussi mauvaise que vous le pensez, j'ai toujours été victime de mon mari, aujourd'hui encore, bien qu'il soit âgé et malade, il me tyrannise. Il a toujours été un homme dominant et autoritaire, mais je suis tombée éperdument amoureuse de lui quand mon premier mari était déjà malade et il m'a obligée à suivre son stratagème pour tuer Emilio. C'est vrai que je ne m'y suis pas opposée, mais Emilio était très mal, il souffrait énormément et nous n'avons dans un certain sens fait qu'accélérer une échéance inévitable. Quant à Elena… je vous jure que je n'étais au courant de rien au moment des faits, je l'ai su longtemps après quand nous étions déjà mariés. Avant, j'étais persuadée comme tout le monde, sans jamais avoir le moindre doute, que la pauvre petite Elena s'était suicidée. Lorsque j'ai su la vérité, j'ai voulu divorcer, mais mon mari a menacé de tuer mon frère. J'ai eu peur et je suis restée avec lui. C'était un homme très violent et très ambitieux, c'est ce qui l'a poussé à tuer Elena : il voulait toute la fortune pour lui. Après le décès d'Emilio, Elena s'est mise à agir d'une manière très bizarre, on pensait qu'elle était devenue folle… La pauvre petite était complètement perturbée, elle ne pouvait pas dormir. Ricardo lui administrait des hallucinogènes puis il lui parlait de la tour et l'incitait à y monter… jusqu'au jour où elle l'a fait et personne n'a eu besoin de pousser… Je ne le savais pas, je ne le savais pas… a-t-elle gémi en se cachant le visage dans ses mains.

– Êtes-vous consciente de la gravité de vos actes ? a demandé Amparito.

– Oh oui… ! C'est un poids que je traînerai comme un boulet jusqu'à la fin de mes jours… (Elle a retiré ses mains de son visage et j'ai vu que ses yeux étaient secs.) Ce qui est sûr, a-t-elle déclaré la tête haute, c'est qu'il n'y a qu'un seul coupable et c'est lui. C'est peut-être un monstre, mais maintenant, avec sa maladie, il est en train de payer ses crimes d'une certaine manière.

– Et qu'avez-vous à dire à propos de Malu ? Car il l'a tuée elle aussi.

– Je ne sais pas… Je ne sais pas… mon mari ne m'a jamais parlé d'elle. Malu… Elle s'est mise à réfléchir comme si elle essayait de se souvenir. Je n'avais pas la moindre idée qu'elle était aussi impliquée dans toute cette affaire. S'il l'a tuée on ne le saura jamais…

On avait frappé à la porte, la femme de service me rapportait mes vêtements. Je les ai laissées seules pendant que j'allais me changer dans la salle de bains ; elles se dévisageaient mutuellement, Amparito avec un air de dégoût et visiblement horrifiée, et María De Bilbao angoissée et soumise. Dans la salle de bains, j'ai pu remarquer par la fenêtre qu'il ne pleuvait plus ; j'ai enlevé le peignoir – j'ai pensé un instant le garder mais je n'ai pas osé. J'ai cru qu'il serait logique de ne pas remettre le peignoir dans la corbeille pour qu'il puisse être lavé, même si je ne l'avais porté que quelques instants et qu'il n'était pas taché, mais comme ici tout était si propre et aseptisé, il était fort probable que le peignoir soit relavé avant d'être rangé. Je l'ai plié en deux et déposé sur la corbeille, et c'est seulement à ce moment que j'ai remarqué les initiales brodées en bleu sur le revers de la manche gauche : « M.L. » Cela m'a surprise car je ne les avais pas vues jusqu'alors. « M.L. », « María Lima », son sceau est partout, ai-je constaté.

Lorsque je suis sortie de la salle de bains, Amparito était plantée devant la porte du bureau, María était toujours assise à la même place, elle m'a regardée, m'a fait un semblant de sourire que j'ai interprété comme un au revoir, et sans rien dire j'ai suivi Amparito qui se dirigeait déjà vers la sortie sans m'attendre. Nous avons marché jusqu'à la gare sans même nous adresser la parole. À peine arrivées, nous avons pu sauter dans un train qui, par chance, était pratiquement vide. Amparito était pensive et j'ai préféré ne pas entamer de conversation. J'ai laissé passer le temps en regardant par la fenêtre, j'adore contempler les campanules bleues qui poussent le long du grillage de la voie ferrée. Je les compare à des ailes de papillons car leurs pétales semblent aussi fragiles et qu'ils pourraient s'envoler au moindre coup de vent. Lorsque le train est entré dans la gare de Retiro, nous n'avions toujours pas échangé un mot, mais une fois dans le métro elle a ouvert la bouche.

– Je ne sais pas quoi te dire, ma petite, je me sens comme une andouille et tellement ridicule.

Je n'ai pas répondu, ce n'est pas l'envie qui me manquait mais je ne savais pas comment m'y prendre.

– Tu te rends compte ? a-t-elle continué, elle a tout avoué ou presque et elle est restée imperturbable comme si on l'avait accusée d'avoir tué une mouche.

Un grand silence s'est de nouveau installé jusqu'à Diagonal Norte, où un grand nombre de passagers est monté dans la rame. Amparito a haussé un peu le ton et a continué ses réflexions à voix haute avec un regard évasif.

– Ces larmes… que du cinéma !… La seule chose à laquelle s'en tenir, c'est que tout ça s'est passé il y a très longtemps et qu'il n'y a plus de coupables.

Ensuite elle s'est tue, mutisme complet jusqu'à Constitución.

Au moment de nous dire au revoir, elle m'a demandé pourquoi je n'avais rien dit, alors je lui ai répondu que j'avais besoin de réfléchir ; rien n'était clair et on en reparlerait le lendemain. Elle était d'accord. Et pour sûr, tout s'embrouillait dans ma tête : les larmes, les aveux partiels et les remords de María ne m'avaient pas non plus paru sincères. Le dénouement était décevant, comme je l'avais prévu, et pourtant, il restait quelque chose qui me chiffonnait.

Lorsque je suis arrivée à la maison, j'ai trouvé un petit mot sur la table de la cuisine qui disait : *« Javier est parti à la campagne chez Alejandro, moi je vais faire des recherches à la fac, je ne rentrerai pas manger. Juanjo. »* Dans un premier temps, j'ai été tentée d'appeler maman et de me plaindre comme le font mes frères, car aujourd'hui Juanjo aurait dû cuisiner et il s'était débiné. Mais j'ai préféré ne pas appeler, j'avais besoin de cette tranquillité pour réfléchir. Je me suis préparé un croque-monsieur et, en même temps, j'ai récapitulé les faits dans ma tête. Il fallait absolument que je trouve ce qui clochait. Je me suis d'abord remémoré dans les moindres détails ma première visite à María De Bilbao, ensuite l'entretien de ce matin avec Amparito. J'ai repassé tout ce que María avait dit pendant sa confession mais aussi les détails de la décoration, et plus particulièrement celle de la salle de bains que je n'avais pas pu voir auparavant. Je me suis revue en train de plier le peignoir avant de le poser sur la corbeille ; je suis certaine que la femme de service qui fera le ménage l'emmènera à la laverie... Et c'est à ce moment précis que je me suis rendu compte que les larmes et le repentir de María n'étaient pas la cause de mon trouble, c'était autre chose, un détail, un minuscule détail.

Quelle aubaine que mes frères aient déguerpi, même s'ils m'avaient laissée et ne m'avaient rien préparé à manger : j'avais pu ainsi réfléchir au calme... J'ai foncé sur le téléphone. La personne qui a décroché m'a prévenue qu'Amparito n'était pas disponible, qu'elle était occupée aux cuisines. Je lui ai laissé un message et l'ai suppliée de lui transmettre dès que possible.

Lorsque je suis arrivée à la gare de Beccar, il était plus de 17 heures. J'avais cru qu'à cette heure-là tout le personnel de la maison de retraite serait occupé par le goûter des résidents. Eh bien, je m'étais trompée. Monsieur Muscles se distrayait en lavant la voiture de sa patronne ; il ne m'a pas vue, donc je me suis dirigée droit vers la porte de service. J'ai traversé le bout de jardin qui va du trottoir à la maison, longeant les troènes qui servent de séparation avec le terrain d'à côté. Je suis entrée par la double porte, j'ai passé le hall et je me suis rendue jusqu'à la chambre du docteur. Je n'ai croisé personne, j'entendais seulement un léger brouhaha, des bruits de vaisselle qui provenaient du fond du couloir. J'ai collé mon oreille à la porte de la chambre, et comme je n'ai perçu aucun bruit je me suis faufilée à l'intérieur.

La pièce était plongée dans la pénombre, la persienne, pratiquement fermée ; elle laissait passer juste un peu de clarté. Les fenêtres étaient ouvertes, on pouvait entendre au loin un chien aboyer et le docteur dormait, en tout cas c'est ce que j'ai cru en le voyant couché les yeux fermés. Je suis allée vers l'étagère où étaient rangés les albums de photos et j'ai cherché celui du mariage avec une reliure en cuir que j'avais feuilleté lors de ma dernière visite. Je l'ai tout de suite retrouvé. J'insiste sur le fait que la pièce était assez sombre et que j'avais besoin de lumière pour bien voir la couverture de l'album. Je me suis rapprochée de la fenêtre, et il y avait bien une inscription sur la couverture comme il va de soi sur la plupart des albums de mariage, sauf sur celui de mes parents qui ressemblait plutôt à un classeur avec des intercalaires en plastique. Mais sur celui des « Louises » il y avait aussi une inscription ; Ayalen se faisait un plaisir de me le montrer pour me rendre jalouse quand nous étions petites. J'ai donc essayé de lire ce qui était écrit, mais sans succès parce que les lettres étaient un peu effacées ; néanmoins, en m'avançant un peu plus de la fenêtre, j'y suis arrivée. Au même instant, j'ai entendu dans le couloir des bruits de pas qui se rapprochaient, je me suis vite cachée derrière le fauteuil, le seul endroit possible. Ensuite je me suis rendu compte que j'aurais pu entrer dans la salle de bains, mais c'était trop tard. Lorsque la porte s'est ouverte j'étais morte de trouille, je me suis recroquevillée autant que je pouvais, le nez collé au sol. Les pas se sont dirigés vers le lit et s'y sont arrêtés. J'ai quand même osé jeter un œil. C'était une infirmière ; comme elle me tournait le dos, j'ai pu prendre le temps de tout observer. J'ai bien vu lorsqu'elle a levé la seringue pour vérifier si le liquide jaillissait par l'aiguille. Une fois sa tâche accomplie, elle est ressortie. J'ai rejoint la fenêtre avec l'album afin de pouvoir relire ce qui était inscrit en lettres dorées sur sa couverture, et c'est à ce moment-là que la porte s'est brutalement rouverte ; cette fois-ci je n'avais pas perçu de bruits de pas, le gorille m'a attrapée par le bras et m'a traînée hors de la pièce. L'infirmière qui avait fait la piqûre au docteur était dans le couloir et elle me regardait avec un air de satisfaction. Cette espèce d'andouille m'avait repérée mais elle n'avait rien dit et était allée chercher le geôlier qui maintenant me tenait par le bras et me conduisait à l'épouse du docteur.

María De Bilbao était assise derrière son bureau.

– Eh bien, comme on se retrouve… Asseyez-vous, m'a-t-elle ordonné en invitant monsieur Muscles à sortir d'un signe de la main. Qu'est-ce que vous avez là ? m'a-t-elle demandé, les sourcils levés et les yeux pointés sur l'album photo.

– Votre identité, ai-je répondu sur un ton assez tranquille.

Elle me regardait avec un air provocant.

– Vous avez une idée de ce que vous avez fait ?

m'a-t-elle interrogé. Vous êtes entrée dans une propriété privée sans autorisation, vous vous êtes introduite dans la chambre d'un homme malade et, de surcroît, vous avez commis un vol.

– Je n'ai rien volé, j'avais un doute que je suis venue éclaircir, c'est précisément ce que j'étais en train de faire quand votre garde du corps est entré.

Je me suis tue et elle aussi. Elle m'examinait, elle essayait de découvrir ce que je savais. Comme elle avait hâte que je parle, j'ai décidé de lui faire plaisir ; j'ai posé l'album sur son bureau et, en lui désignant l'inscription, j'ai commencé à lire :

– « Mariage de María Lucrecia Onetto et Ricardo De Bilbao », María Lucrecia, c'est Malu.

Elle était blême, pétrifiée et glaciale comme une vraie statue de marbre blanc. Pendant un instant, j'ai cru que ses yeux brillaient comme si elle allait se mettre à pleurer, mais j'ai vite compris qu'elle avait épuisé sa réserve de larmes lors de sa mise en scène précédente. Son visage était semblable à un masque.

Soudain, dans mon dos, une voix a lancé ces mots :

– La femme du Riachuelo restera une victime anonyme. (C'était la voix d'Amparito.) La pauvre petite Malu, la gentille fille du quartier, eh bien, elle est vivante, riche, sur le point d'être veuve et encore plus riche… Félicitations.

– Je suis innocente, a articulé la statue, je n'ai tué personne. Ricardo et María del Carmen ont tout manigancé. Ils ont bien empoisonné le malade, mais en ce qui concerne Elenita, c'est un accident, ils ne voulaient pas la tuer, ils avaient seulement l'intention de la faire interner.

La statue recommençait à s'animer, on pouvait apprécier l'apparition de quelques rides sur son front et de profonds sillons sur ses joues.

– J'ai été très affectée lorsque j'ai appris la mort d'Elenita. Je l'aimais beaucoup. En plus, je ne l'ai pas su tout de suite. Après le décès du père d'Elenita, Ricardo m'avait emmenée à Mar del Plata, puis il était reparti en prétextant qu'il devait prendre soin d'Elenita. À son retour à Mar del Plata, il ne m'a rien raconté, et quand je lui demandais des nouvelles d'Elenita il me répondait toujours qu'elle était internée. C'est seulement bien plus tard qu'il m'a révélé la vérité. Je l'aimais bien, Elenita…

Le masque montrait des signes de faiblesse : mis à part les différentes rides, ses lèvres s'étaient pincées et elles commençaient à s'affaisser.

– Ricardo m'a simplement dit qu'elle s'était suicidée… C'est seulement un an ou deux après qu'il m'a avoué qu'il lui avait fait prendre des hallucinogènes afin de faciliter son internement… Mais cela n'a pas été nécessaire, car un soir elle est montée en haut de la tour et s'est jetée dans le vide.

– Vous l'avez tuée, a dit Amparito calmement ; vous l'avez tuée, a-t-elle répété.

– Non, pas moi, je n'y suis pour rien.

– Mais bien sûr que si, vous êtes une criminelle comme votre mari et María del Carmen. Vous êtes aussi responsable. Qu'avez-vous fait lorsque Elenita vous a demandé de l'aide ? Êtes-vous accourue à son secours ? Êtes-vous allée voir la police ? Non, vous n'avez rien fait, vous avez abusé de sa confiance… vous l'avez trahie… vous l'avez envoyée à la mort !

La rigidité avait disparu de son visage, le masque s'amollissait. Elle avait l'air tellement abattue que j'ai cru qu'elle allait s'effondrer.

– Vous savez comme moi que vous n'êtes pas innocente, a continué Amparito, c'est bien pour ça que vous avez menti à chaque instant en cachant votre vrai nom, en préférant vous faire passer pour María del Carmen. Vous n'avez reculé devant rien pour ne pas avouer que Malu était vivante, vous avez même préféré nous laisser croire qu'elle était la pauvre morte du Riachuelo. L'oubli ou la mort sont des options plus dignes que la traîtrise, n'est-ce pas ?

La dame au masque regardait un point invisible dans une autre dimension que celle où nous nous trouvions maintenant, ses beaux yeux gris s'étaient complètement assombris, sa bouche n'était plus qu'une simple ligne, ses lèvres avaient disparu tellement elle les serrait. Amparito m'a fait un signe et nous sommes parties.

Nous avons refait le chemin jusqu'à la gare sans dire un mot, nous avons aussi pris le train, nous nous sommes assises, toujours sans parler. J'ai regardé par la fenêtre pendant tout le trajet, mais je n'ai vu aucune campanule bleue, je crois qu'elles se referment à la tombée de la nuit. En arrivant à la gare de Retiro, Amparito m'a demandé si j'avais un peu de temps pour prendre un café, elle voulait qu'on parle.

– Tu peux me dire comment tu t'en es rendu compte ? m'a-t-elle interrogée pendant qu'elle mettait du sucre dans son café. J'étais persuadée qu'elle était María del Carmen, sa tête ne m'était pas inconnue… bien sûr, c'est parce que c'était Malu.

– À cause du peignoir dans la salle de bains, il portait les initiales « M.L. ». Dans un premier temps j'ai cru que c'était pour María Lima, mais j'ai vite eu des doutes. Pourquoi broder les initiales d'un nom qu'elle ne voulait pas utiliser ? Je savais qu'il y avait quelque chose qui n'allait pas, l'album de mariage avait bien une inscription sur sa couverture mais je n'y avais pas fait attention lors de ma première visite. Les prénoms des mariés sont normalement inscrits sur la couverture de ce genre d'album, comme sur celui de ma tante Luisa, donc il fallait absolument que je retourne à la maison de retraite, tu comprends ? Nous n'avons jamais su le vrai patronyme de Malu, mais en y réfléchissant un peu, c'était forcément un nom composé avec María et un autre prénom qui commencerait par « Lu », comme Lucía, Luján ou… Lucrecia.

Nous avons bu notre café et nous sommes sorties du bar. Nous devions prendre le métro jusqu'à la station Constitución, et encore une fois nous n'avons pas décroché un mot. Arrivées à bon port, nous nous sommes dit au revoir et nous avons convenu de nous appeler.

J'ai téléphoné à Amparito deux jours plus tard, juste la veille de la manifestation des retraités. Je voulais savoir le lieu de départ du groupe que dirigerait Amparito.

– On partira du Club, ma petite, tu vas venir ?

– Oui, si vous m'acceptez…

– L'entrée est libre et gratuite.

J'y suis allée, mais j'ai quand même payé un certain tribut pour ma participation car j'ai été chargée de pousser le fauteuil roulant de Rosa, mais juste à l'aller car sa fille et son petit-fils nous ont retrouvés devant le Congrès et ils ont pris le relais pour le chemin du retour. Le trajet sur l'avenue Entre Ríos avait été assez distrayant ; au fur et à mesure qu'on avançait plusieurs groupes de retraités de différentes zones se sont joints au cortège avec des affiches et des pancartes.

À notre arrivée au Congrès, nous étions une multitude et j'avais perdu de vue Amparito, mais quelques minutes plus tard sa voix amplifiée sortait des haut-parleurs : elle prononçait son discours. Ensuite d'autres retraités ont fait de même. Ils ont tous exprimé des revendications sur les droits sociaux, la justice, la solidarité, l'importance de prendre conscience, de s'engager… Je souhaite de tout cœur que ces requêtes soient entendues par nos députés.

Quinze jours plus tard, les cours ont repris, j'avais du mal à suivre le rythme du lycée, comme chaque année. Un après-midi, je suis allée au Rawson avec deux paquets de petits pains au lait. Après avoir partagé le maté, Amparito m'a proposé de faire une promenade. Nous sommes allées à pied jusqu'à l'angle des rues Caseros et Bolívar. Les travaux de la maison prenaient tournure, la façade était déjà repeinte et des écriteaux « À VENDRE » étaient accrochés aux fenêtres.

– Regarde, s'est exclamée Amparito, la maison a été transformée en plusieurs appartements ! C'est une bonne chose, a-t-elle ajouté après un instant de réflexion, cette demeure était bien trop grande pour une seule famille.

Nous avons traversé la rue pour aller jusqu'à l'épicerie et j'ai repensé au mensonge que j'avais échafaudé, à la revue et à l'article sur l'histoire du quartier... Un jour peut-être je finirais par écrire l'histoire d'Elenita, on ne sait jamais, pourquoi pas ? Amparito a profité de la promenade pour rendre visite à doña Anita. Nous nous sommes dit au revoir au coin de la rue. Avant de m'en aller, j'ai regardé une dernière fois la fameuse tour ; il y avait des pots de fleurs aux fenêtres, et je me suis demandé s'ils allaient remettre une coupole.